ビギナーズ・クラシックス 日本の古典

拾遺和歌集

川村裕子＝編

角川文庫
23916

◆はじめに◆

この本の題名になっている『拾遺和歌集《しゅういわかしゅう》』という作品をご存じでしょうか。たぶん、知っている人は、そんなにたくさんいないと思います。

でも、平安時代といったらどうでしょう。イメージが湧《わ》いてきますよね。ロングヘアーで、何枚も美しい衣を身にまとった女性たち。そしてまたヒラヒラした衣でサッカー（蹴鞠《けまり》）をやっている男性たち。

何となく華やかなイメージが、平安時代にはありますね。そう、重なる衣、ひるがえる衣は、華麗な平安のハーモニーを奏でています。

そして、この『拾遺和歌集』は、こんな平安時代のまっただ中にできた歌集。だから、平安のきらめくメロディを放っているのです。

さて、本書は、はじめて和歌に触れてみようとする方の入門書です。声に出して読めるように和歌の「原文」、そして「現代語訳」には、すべて振り仮名を振ってあります。声に出して和歌のリズムを味わってみて下さいね。

そして、「寸評」ではそれぞれの歌について、和歌だけではなく、様々な作品への影響もなるべく広くお話しするようにいたしました。

さあ、あなたも『拾遺和歌集』というオルゴールを開けて、キラキラ響く王朝の音色を聞いてみませんか。

※原文は『新編国歌大観』(角川学芸出版刊、「日本文学Ｗｅｂ図書館」古典ライブラリー版)によります。ただし、表記などを改めたところがあります。

◆目　次◆

（　）内は歌番号、算用数字は本書のページ数を表す。

本文挿絵／早川圭子

拾遺和歌集

【春《はる》】

春立《はるた》つといふばかりにやみ吉野《よしの》の山《やま》もかすみて今朝《けさ》は見《み》ゆらん

（一、壬生忠岑《みぶのただみね》）

春《はる》が立《た》って立春《りっしゅん》になったというだけ、それだけで雪《ゆき》が深《ふか》い吉野山《よしのやま》も、霞《かす》んだように今朝《けさ》は見《み》えるのでしょうか。

✿暦《こよみ》の上の立春《りっしゅん》。吉野山《よしのやま》が霞んで見える理由を立春に託《たく》して詠んだ歌です。立春の瞬間をとらえて、霞む吉野山を詠んだところがポイント。そうです。霞《かすみ》は春の景物ですよね。

また吉野山《よしのやま》は、奈良県中部にある有名な山です。桜や霞が有名な場所でした。ようやく来た春が吉野山の霞とともに詠まれているのですね。

春がやって来たことを喜んでいる晴れやかな歌です。

なお、この歌は、詞書《ことばがき》によると歌合《うたあわせ》で詠まれた、とのことです。

今、詞書《ことばがき》と言いましたが、詞書というのは、歌の前に書かれている部分。**歌の詠まれた事情**などが書いてあるのです。

また、**歌合**《うたあわせ》というのは簡単に言うと、左右に分かれて歌の勝ち負けを競うイベントです。他の人に歌の優劣《ゆうれつ》がわかってしまうので、大変なイベントでした。

そして、こんな公的な歌を「**晴**《はれ》**の歌**」といいました。「晴《はれ》の歌」には、もう一つあります。それは、**屏風歌**《びょうぶうた》です。屏風の絵に書かれたから屏風歌。わかりやすいですね。この屏風歌も「晴の歌」といったのです（屏風歌については一番コラム「屏風歌と屏風絵歌」参照）。

どうでしょう。両方とも人の目に触れますね。だから、作る時は緊張しました。『拾遺《しゅうい》和歌集《わかしゅう》』は、こんな「晴の歌」が多いので有名。

ところで、これは春の部立《ぶだて》の最初の歌です。

部立《ぶだて》というのは、「春」なら「春」という時《じ》系列《けいれつ》の配列のことを指します。春の初めから終わりまで時の流れに沿って歌が並んでいるのですね。「恋」の歌だと、恋の初めから破局に向かって順々に並んでいるのです。

だから歌を調べる時にとても便利。「今」という時節にどんな歌があるのか、すぐにわかるのですね。

★一番コラム「屏風歌《びょうぶうた》と屏風絵歌《びょうぶえうた》」

ここの説明には、屏風歌が出てきました。この屏風歌はめでたい時に詠まれました。そう、屏風は、誕生日（賀《が》）のようなお祝いセレモニーの時に贈ったのです。それで、この屏風に歌が付けられたのですね。

ところで、昔は「屏風絵歌」と「屏風歌」で分けていたのですよ。外から屏風の景色を詠んだ歌を「屏風絵歌」。絵のなかの登場人物になって詠んだ歌を「屏風歌」といっていました。

ただ、外から絵を見ている視点なのか、内側から登場人物になった視点なのか、分けるのはあまり意味がない、ということになりました。だいたい詠者の視線がどこにあるか、そんなことは、はっきりとはわからないですよね。

というわけで、現在は、屏風に貼った歌はすべて「屏風歌」ということになりました。そう。絵と和歌のコラボレーション（共演）ですね。

絵をどのような和歌にするのか、そこが屏風歌のポイント。人と人とのやりとりの歌ではなくて、絵という「題」を与えられているのですね。だから、後々の

「題詠」（題を与えられて詠んだ歌）につながっていくのでした。そして、何といっても屏風歌は人目に付く和歌ですね。だから、力が入ります。この『拾遺和歌集』は、そんな屏風歌がたくさん入っているので有名なのです。

我《わ》が宿《やど》の梅《むめ》の立《た》ち枝《え》や見《み》えつらん思《おも》ひのほかに君《きみ》が来《き》ませる

（一五、平兼盛《たいらのかねもり》）

私《わたし》の家《いえ》の梅《うめ》、その高《たか》くのびた枝《えだ》が見《み》えたのでしょうか。思《おも》いの外《ほか》にあなたがいらっしゃるのですね。

✿梅の歌です。今は春といえば桜ですが、『万葉集《まんようしゅう》』のころは、梅が人気のようでした。この時代はもう桜の人気の方が高いでしょうか。でも、梅も春の景物としてよく詠《うた》われているのですよ。

さて、この歌は梅の姿を見て人がやって来たことを詠んでいます。「自分に会いに来たのではないのだ」という意味がことばの裏に隠されているのですね。「梅の立《た》ち枝《え》」ということばには、まっすぐ伸びた美しい梅の木というイメージが映し出されています。

これは、詞書《ことばがき》によると、**屏風歌《びょうぶうた》**で、屏風に描かれた絵を詠んだ歌です。この絵には、さぞ立派な梅の枝が描かれていたことでしょう。

ちなみにこの歌はあの『**更級日記**《さらしなにっき》』にも使われているのですよ。作者の孝標女《たかすえのむすめ》が尊敬していた継母《ままはは》。ある日、そんな継母とお別れの日が来てしまったのです。継母《ままはは》は「この梅の花が咲くころには、必ず来ますね（これが花《はな》の咲《さ》かむをりは来《こ》むよ）」と言い残して出て行ってしまいました。梅の木をみつめながら、いつまでも待ち続ける孝標女《たかすえのむすめ》。でも、梅の花が咲いてしまったのに、何の連絡もありません。

そこで、孝標女は「あなたがあてにさせた梅の花が咲くころのお約束。それを私は、まだ待ち続けなければいけないのでしょうか。霜《しも》で枯れていた梅だって春を忘れないで花を咲かせたのに」（頼《たの》めしをなほや待《ま》つべき霜枯《しもが》れし梅《むめ》をも春《はる》は忘《わす》れざりけり）と書いて梅の花に付けて贈りました。

すると、継母《ままはは》から、せつない言葉が書き連ねてある手紙が届き、次のような歌が書いてあったのです。

「やっぱりあてにして待ってて下さいな。私が行かれなくても、昔の歌にあるように、梅の高い枝を見て、約束などしていない思いがけない人が、訪ねて来るかもしれませんよ」（なほ頼《たの》め梅《むめ》の立《た》ち枝《え》は契《ちぎ》りおかぬ思《おも》ひのほかの人《ひと》も訪《と》ふなり）。

この継母《ままはは》からの返歌《へんか》（返しの歌）にある「**昔の歌にあるように**」の「**昔の歌**」が、この『拾遺和歌集』の一五番歌を指しているのですね。「梅の立《た》ち枝《え》」や「思《おも》ひのほか」ということばが『拾遺和歌集』歌と同じです。

私が行かれなくっても意外な人が梅の立《た》ち枝《え》を見てやって来てくれますよ、という孝標女《たかすえのむすめ》をやさしくたしなめた歌。

なお、この「意外な人」というのは男性を指す、とする説もあります。そうすると恋のイメージが前面に出てきますよね。物語のような恋を夢見ていた孝標女《たかすえのむすめ》。そんな孝標女にはふさわしい歌といえるでしょう。

このように『更級日記《さらしなにっき》』にも『拾遺和歌集』が踏まえられていたのでした。

子《ね》の日《ひ》する野辺《のべ》に小松《こまつ》のなかりせば千代《ちよ》のためしに何《なに》をひかまし

（二三、壬生忠岑《みぶのただみね》）

お正月《しょうがつ》の子《ね》の日《ひ》。そんな日《ひ》の野辺《のべ》に小松《こまつ》がなかったら、いったい千年《せんねん》のお祝《いわ》いに何《なに》を引《ひ》いたらよいのでしょうか。

✿この歌には、お正月のイベントが詠まれています。それは、お正月の子《ね》の日《ひ》にする**小松引《こまつひ》き**。小松は長寿《ちょうじゅ》の象徴。だから小松を引いて長寿（千年の命）を祝ったのですね。

「せば〜まし」は、現実にないことを仮に思うこと。反実仮想《はんじつかそう》とよばれます。難しいことはありません。

「もしもテストがなかったら学校は楽しいのに」（テストのなかりせば学校は楽しからまし）といった感じですね。この歌でも、「野辺に小松がなかったら」ということを仮に思っているのです。小松はありますよね。

一見すると理屈っぽい歌に思われますが、**野辺の小松の存在感**がクローズアップされています。

小松引き

お正月になると小松引《こまつひ》き。これは、めでたい行事なので、平安時代は、ワクワク感があるのです。当時は小松が春の香り、やわらかな香りを運んでくれました。

身《み》にかへてあやなく花《はな》を惜《を》しむかな生《い》けらばのちの春《はる》もこそあれ

（五四、藤原長能《ふじわらのながとう》）

我身《わがみ》にかえて、分別《ふんべつ》もなく、花《はな》の散《ち》るのを惜《お》しんだのですね。生《い》きていれば、これから来《く》る春《はる》もあるというのに。

✿「我身にかえて」というのは、命をかけて、という意味です。「生きていれば、ずっと春が来て、花も見られるのに。なんであんなこと（命と引き替えに）を考えたんだろう」といった大意でしょうか。

詞書《ことばがき》によると**藤原義懐《よしちか》**の家で桜を惜しんで詠んだもの、ということです。この歌を詠んだ**藤原長能《ながとう》**も、そして義懐《よしちか》も**花山天皇《かざんてんのう》**と親しかったのでした。花山天皇はこの『拾遺和歌集』を選ぶよう命じた人。

ところがその花山天皇は九八六年（寛和《かんな》二年）に**藤原兼家《かねいえ》**たちの計略によって出家《しゅつけ》してしまったのです。ここに出てきた義懐《よしちか》も同時に出家してしまいました。出家というのは、現実生活を捨ててしまうことなのです。だから、天皇が出家する、ということは大変なことなのです（解説参照）。

ところで、この歌の詠者・長能《ながとう》は『蜻蛉日記《かげろうにっき》』作者・**道綱母《みちつなのはは》の弟**ですが、花山天皇《かざんてんのう》出家後も、花山法皇に仕えていました。長能《ながとう》もこの『拾遺和歌集』を選ぶために協力したようです。

このような悲劇的な目に遭《あ》った義懐《よしちか》の家で、かつて散る桜を惜しむ会が開かれた時があったのですね。この歌は、命にかえて花を惜しむ気持ち、刹那的《せつなてき》に花を惜しむ気持ちを自分で打ち消して、のちにやって来る春を頼みにしています。

でも、この歌を詠んだのちに、さきほども述べたように、花山天皇を始めとしていろいろな人々がつらい目に遭《あ》ってしまったのです。

のちに待っている悲劇。それが、よりいっそう、散る桜のはかなさを浮き彫《ぼ》りにしています。そう、明るい「のちの春」はやって来なかったのでした。

そして、この歌を選んだ花山天皇の気持ちは、いったいどんな思いだったでしょう。**身を切るようなつらさ**が歌のまわりから立ち昇《のぼ》ってくるようです。

桜《さくら》ちるこの下風《したかぜ》はさむからでそらにしられぬ雪《ゆき》ぞふりける

（六四、貫之《つらゆき》）

桜《さくら》が散《ち》っている木《こ》の下《した》の風《かぜ》。その風《かぜ》は寒《さむ》くないのに、空《そら》が知《し》らない雪《ゆき》が降《ふ》っているのですよ。

✲桜の花が散っている風景を詠んだもの。桜を雪に見立てた歌です。木《こ》の下風《したかぜ》は、ちっとも寒くないのに、はらはらと雪が降っているように見える落花。寒くない風、そして空が知らない雪。否定形のことばたちが、散る花をやさしくつつんでいます。技巧《ぎこうてき》的な歌といわれていますが、雪ではないものが降る美しさが、躍動感《やくどうかん》とともに詠み出されていますよね。そして、技巧を超えて、風に舞う桜の美しさが目の前に見える優艶《ゆうえん》な歌。

詠者の紀貫之《きのつらゆき》は、『古今和歌集《こきんわかしゅう》』という最初の勅撰和歌集《ちょくせんわかしゅう》を選んだ歌人。もちろん本人も歌が上手でした。そして、彼は『古今和歌集』のなかで、人の心と風景を結び付けてしまったのです（勅撰集については、六四番コラム「歌集について――「勅撰《ちょくせん》集《しゅう》」・「私撰集《しせんしゅう》」・「私家集《しかしゅう》」――」参照）。

たとえば、桜が咲くと、うれしくなりますよね。そして、秋の虫の音を聞くと寂《さみ》しくなります。彼は、そんな**自然と人間の心を和歌で結び付けてしまった**のです。景物《けいぶつ》に揺り動かされる気持ちは、今も同じですよね。その大本《おおもと》を貫之は作ってしまったのですね。すごいことです。

また、貫之は、『土佐《とさ》日記《にっき》』という日記文学も作りました。この作品では、「男の人も書くという日記というものを女である私も書いてみます」（男もすなる日記《にっき》といふものを女《をんな》もしてみむとてするなり）という宣言《せんげん》が冒頭に置かれているのです。

当時、男性の書く日記と言えば、漢文で書かれた日記でした。でも『土佐《とさ》日記《にっき》』は仮名で書かれています。だから、自分を女性に見立てたのですね。どういうことかというと、当時の女性は感情が表出しやすい仮名文字を使っていました。そして『土佐日記』も仮名で書かれていたのです。だから、貫之は自分を女性に設定して、心が表出しやすい仮名の作品を書いた、というわけでした。

このように、貫之は和歌だけではなく、ことばを操《あやつ》ることが得意だったのです。彼は、まるで**ことばの魔術師《まじゅつし》**のようでした。

★六四番コラム「歌集について――「勅撰集《ちょくせんしゅう》」・「私撰集《しせんしゅう》」・「私家集《しかしゅう》」――」

ここに出てきた「勅撰集」は天皇の命令で選んだ歌集のことです。『古今和歌集』は醍醐天皇《だいごてんのう》、『後撰和歌集《ごせんわかしゅう》』は村上天皇《むらかみてんのう》、『拾遺和歌集《しゅういわかしゅう》』は花山法皇《かざんほうおう》の命によります。これらは三代集《さんだいしゅう》とよばれていました。なお、勅撰集に和歌が選ばれることは、大変名誉なことだったのです。

また、「私撰集《しせんしゅう》」は天皇でない人がいろいろな歌を編纂《へんさん》したものです。たとえば、『万葉集』は文学史のなかでは「私撰集」ということになっています。選んだのは、大伴家持《おおとものやかもち》といわれています。

少し長くなりましたが、最後の「私家集」にいきましょうか。これは、前の二つとは少し趣《おもむき》が違います。個人の歌を集めたものなのです。勅撰集を選ぶ時などに、この「私家集」を提出することもありました。『道綱母集《みちつなのははしゅう》』、『和泉式部集《いずみしきぶしゅう》』、『紫式部集《むらさきしきぶしゅう》』などは「私家集」の名前です。「私家集」は歌人たちの友だち関係や恋人関係がわかり、読むとワクワクします。ながめているだけで、楽しい歌集ですね。

★六四番コラム「漢文日記とは？」

ここで漢文日記というものが出てきましたね。漢文日記は文字通り、漢字で書かれた日記です。当時の貴族男子は前の日のできごとを、朝になると、具注暦《ぐちゅうれき》という暦に書き込んだのです。今は日記というと、自分だけのものですが、当時の日記は、記録を子孫に残す目的もあったのです。だから、儀式の時にこんな失敗をしてはいけないよ、といった行事マニュアルの役割も果たしていました。

漢文日記の代表的なものとしては、藤原実資《さねすけ》が書いた『小右記《しょうゆうき》』や藤原行成《ゆきなり》が書いた『権記《ごんき》』、そして藤原道長が書いた『御堂関白記《みどうかんぱくき》』などが挙《あ》げられます。

これらの日記は、貴族男子の生活がわかるのでおもしろいですね。

それに対して、もう一つの日記は仮名日記でした。これは女性が使う仮名で書かれていたのです。貫之の説明に出てきたように、自分の心情をやわらかく表現するため、仮名文字を使ったのでした。

この仮名日記が発展して『蜻蛉日記』などの作品になったといわれています。

年《とし》の内《うち》はみな春《はる》ながら暮《く》れななん花見《はなみ》てだにもうき世過《よす》ぐさん

（七五、よみ人《びと》しらず）

年内《ねんない》はみんな春《はる》のまま暮《く》れて欲《ほ》しい。花《はな》を見《み》ることだけ、それだけでこのつらい世《よ》の中《なか》を過《す》ごしていきたいのです。

✲一年間すべてが、毎日春のままだったら、花を見て、つらいことを乗り越えられるのに。生きてるとつらいことばかりありますよね。だから一年中花を見て過ごしたい……。

そう、きれいな物、美しい物を見ると**ほっとします**。いやなことも乗り越えられる。これは、昔の人も今の人も変わりませんよね。

一年中が春、桜が咲き満ちている春。美しい春。本当にそうだったら、どんなに素敵なことでしょう。

ちなみに詠者《えいじゃ》の「よみ人《びと》しらず」の意味はわかりますよね。詠《よ》んだ人がわからない、という意味です。

【夏《なつ》】

我《わ》が宿《やど》の垣根《かきね》や春《はる》をへだつらん夏《なつ》きにけりと見《み》ゆる卯《う》の花《はな》

（八〇、源《みなもとのしたごう》　順）

私《わたし》の家《いえ》の垣根《かきね》が春《はる》を隔《へだ》てているのでしょうか。垣根《かきね》に咲《さ》いているのは、もう夏《なつ》が来《き》たと見《み》える卯《う》の花《はな》なのです。

✽ここから夏の歌に入りますね。

さて、この歌のどこがおもしろいか、というと垣根《かきね》が季節の「境界線《きょうかいせん》」として詠まれているところ。その垣根には卯《う》の花《はな》がたくさん咲いています。卯の花は白い花、そして夏の花。だから、この垣根は夏がやって来たことをあらわしているのですね。詞書《ことばがき》によると「屏風《びょうぶ》に」とあるので、屏風歌であることがわかります。屏風には卯の花の垣根《かきね》が真っ白に描かれて、それを見ている人物も描かれているのでしょう。そうです。これは、絵のなかの人物になって詠んでいる歌なのです（屏風歌については一番コラム「屏風歌と屏風絵歌」参照）。

このように屏風歌《びょうぶうた》は、そこに描かれている風景を詠んでいるだけではなく、画中《がちゅう》の人物の立場に立って詠む歌も含まれたのでした。

なお詠者の順《したごう》は、『**後撰和歌集**《ごせんわかしゅう》』（『拾遺和歌集』の一つ前の勅撰集《ちょくせんしゅう》）を選び、『万葉集《まんようしゅう》』の読解もしました。そして、『**倭名類聚抄**《わみょうるいじゅうしょう》』という漢和辞書も作ったすごい知識人です。『**うつほ物語**』などの作者かもしれない、という説もあるのですよ。

手《て》も触《ふ》れで惜《を》しむかひなく藤《ふぢ》の花底《はなそこ》にうつれば波《なみ》ぞ折《を》りける

（八七、躬恒《みつね》）

手《て》も触《ふ》れないで惜《お》しんだ藤《ふぢ》。その甲斐《かい》もなく、水底《みなそこ》に映《うつ》っている藤《ふじ》はゆらゆらして、まるで波《なみ》が藤《ふじ》を折《お》ったように見《み》えるのです。

✲藤は春の終わりから夏の景物《けいぶつ》ですね。この歌では、藤の花を折らないで我慢《がまん》していたのに、そのかいもなかった、と詠じています。なぜなら、水底《みなそこ》で、**波によって折られてしまったから**……。

ただし、波によって折られている、というのは実際のことではありませんよね。水底だから、藤の花が折れているように見えるのです。水の反射が藤を揺らしているような姿を見せているのです。

自分の手ではなく波に折られたように見える藤の花、水の底で揺れているような藤の姿。そう。藤の妖艶《ようえん》な姿が波間に見えるような歌ですね。

都人《みやこびと》寝《ね》で待《ま》つらめやほととぎす今《いま》ぞ山辺《やまべ》を鳴《な》きていづなる

（一〇二、道綱母《みちつなのはは》）

都《みやこ》の人《ひと》は、寝《ね》ないで待《ま》っているのでしょうか、ほととぎすの鳴《な》き声《ごえ》を。そのほととぎすは、今《いま》、山辺《やまべ》を鳴《な》きながら出《で》て行《い》くようですよ。

✲山人《やまびと》の立場で詠まれた歌です。ほととぎすは、夏の鳥。平安時代の人々は、その**初声《はつごえ》**（**初音《はつね》**）を競って聞きました。そのほととぎすを都人《みやこびと》と山人《やまびと》の両方の視点から詠んでいます。

都で待っているほととぎすは、今ちょうど山から降りていく気配がします。都と山の二点からほととぎすを捉《とら》えているので景の広い歌となっていますね。

この歌は、**花山天皇《かざんてんのう》**が主催した九八六年（寛和《かんな》二年）六月に行われた歌合に出されました。

ただし、作者は道綱《みちつな》です。道綱母《みちつなのはは》が道綱の代作《だいさく》をしたものといわれています。これ以外にも道綱母は、道綱の恋愛の歌をよく代作しているのですよ（『蜻蛉日記《かげろうにっき》』下巻、一〇二番コラム「代作について」参照）。

ただし、『道綱母集』によると、この歌は、道綱母が絵を見て詠んだ歌、とあります。だから道綱がそれを再利用した、という説もあるのです。

どちらにせよ**道綱が母の歌を使った**わけですよね。道綱はこの歌で「**勝**」となりました。

なお、道綱母《みちつなのはは》は、『大鏡《おおかがみ》』（平安時代の歴史物語）に「**とても和歌が上手な人**」（きはめたる和歌《わか》の上手《じゃうず》）と書かれており、『蜻蛉日記《かげろうにっき》』作者としても、歌人としても有名でした。

★一〇二番コラム「代作について」

ここには代作ということばが出てきました。代作はわかりますよね。誰かの代わりに作ること。ここでは、歌です。道綱母《みちつなのはは》は歌人ですから、当然歌が上手なわけです。だから道綱も母親の歌を使ったのですね。

また、ここだけではなく、道綱母は「大和《やまと》だつ人」、「八橋《やつはし》」といった道綱の恋人に贈る歌も代作しています。もちろん、兼家の代作もしています。

それから、『和泉式部日記』のなかでは和泉式部が恋人の敦道親王《あつみちしんのう》の代作を頼まれているのですよ。

ただ代作といっても、代作を頼んで来た人になりきって作るのではなく、そこには頼まれた人の心情もひっそりと詠まれていることが多いのでした。

誰かの代わりになっても、作った人の心がそれとなく投影されてしまうのですね。だから代作の分析はおもしろいのです。

ふた声《こゑ》ときくとはなしにほととぎす夜《よ》ぶかくめをもさましつるかな
（一〇五、伊勢《いせ》）

二度目《にどめ》に鳴《な》く声《こえ》を聞《き》くこともなく、ほととぎすよ。夜深《よぶか》い時間《じかん》なのに目《め》が覚《さ》めてしまいましたよ。

✲ほととぎすは、同じ所で二度鳴かない、といわれてました。

この人は、ほととぎすの声を待っているうちに、夜遅いのに目が冴《さ》えてしまったのですね。

この和歌は、詞書によると「屏風歌」です。ほととぎすと起きている人が描かれていたのですね。

さて、詠者の伊勢《いせ》といえば、恋多き女性として有名。中宮の**温子**《おんし》に仕え、温子の異母弟**藤原仲平**《なかひら》などと恋愛関係にありました。そのうえ、なんと**宇多天皇**《うだてんのう》からも愛され、皇子を生みました。

また、それだけではなく、宇多《うだ》天皇《てんのう》の第四皇子**敦慶親王**《あつよししんのう》と恋愛関係になり、**中務**《なかつかさ》を生んだのです。

中務も有名な歌人です。なお、伊勢が活躍したのは、『古今和歌集』の時代になります。

ここは夏の歌ですが、伊勢の恋歌には、独特の強さがあるといわれています。

大荒木《おほあらき》の森《もり》の下草茂《したくさしげ》りあひて深《ふか》くも夏《なつ》のなりにけるかな

（一三六、壬生忠岑《ただみね》）

大荒木《おおあらき》の森《もり》の下草《したくさ》は茂《しげ》り合《あ》って、草《くさ》で深《ふか》くなってしまいました。それと同《おな》じようにすっかり夏《なつ》も深《ふか》くなってしまったのです。

✲大荒木《おおあらき》というのは、いろいろな説がありますが、現在のところ、山城国《やましろのくに》（京都府南部）の歌枕《うたまくら》ということになっています（一三六番コラム「歌の技法いろいろ」参照）。

さて、大荒木《おおあらき》の森《もり》、というだけで、なんだか鬱蒼《うっそう》とした感じがしますね。その下草《したくさ》が茂《しげ》り合《あ》っているのだから、もっともっと暗くなっている状態。

そしてこの「深く」が下に続くのですね。上が大荒木の様子ですけれど、「深く」が夏に続きます。そう、「大荒木《おおあらき》の森の下草が茂り合ったように深くなった夏」というわけです。

それでは、この上句《かみのく》（五・七・五）は「深く」を出すために置かれただけなのでしょうか。

いや、それは違います。この暗く茂った森の下草には、**夏の森がイメージとしてあ**

るのです。

うだるような暑さのなかで、茂《しげ》り合《あ》う下草《したくさ》。森の下草を暑さが包んでいるのです。動きのない闇のような暑さが織り成されています。

だからこそ、深い夏が目の前に広がってくるような印象を受けるのですね。

そしてこれは詞書《ことばがき》によると「**屏風歌**《びょうぶうた》」だったことがわかります。

なお、「大荒木《おおあらき》」の歌としては、「大荒木《おおあらき》の森の下草はさかりをすぎてしまいました。だから馬も食べないし、刈ってくれる人もいないのです」（大荒木《おほあらき》の森《もり》の下草老《したくさお》いぬれば駒《こま》もすさめず刈《か》る人《ひと》もなし）（『古今和歌集《こきんわかしゅう》』雑上《ぞうじょう》・よみ人《びと》しらず・八九二）が有名。

この「老い」をあらわす「大荒木」の和歌は、『**蜻蛉日記**』**の下巻**にも影響を与えているし、『**源氏物語**』**の源典侍**《げんのないし》関係のエピソードにも登場します（「紅葉賀《もみじのが》」）。

ただし、この拾遺集歌は、屏風歌ということもあって、完全な叙景歌《じょけいか》（風景を詠んだ歌）となっていますね。

★一三六番コラム

「歌の技法いろいろ——歌枕《うたまくら》・枕詞《まくらことば》・掛詞《かけことば》・縁語《えんご》・序詞《じょことば》——」

たくさんのことばが出てきて難しそうに思えますが、大丈夫です。

これらの技法は、だいたいの意味を知っているだけで充分。歌の説明に出てきたら、思い出して下さいね。

最初に出てきたのは、まず歌枕《うたまくら》。

これは昔から和歌に詠まれてきた名所です。

それから枕詞《まくらことば》。

ふつうは五音でできていました。そしてかかることばが決まっているのです。「山」にかかる「あしひきの」、「母」にかかる「たらちねの」といった感じです。

これも無理して覚えることはありません。出てきた時にチェックしましょう。

そして、よく出てくるものに掛詞《かけことば》があります。

これは簡単。音が一つで意味が二つ。そう、「まつ」だったら「松」と「待つ」ですね。

日本語には同音異義語というものがありますよね。「はし」という発音でも「端」、「橋」などをあらわしますよね。これを利用して、一つでも二つの意味を持たせるのです。だから、ことばは一つだけれど、奥行きが出てきますよね。

つぎの縁語《えんご》は、一言でまとめると、親戚たちのことば。

同じような趣のことばをたくさん使うこと。たとえば、「糸」だと「縒《よ》り」、「乱れて」、「ほころび」などを使用することです。歌を飾るアクセサリーのようなものですね。

さて、だいぶ長くなりましたが、最後に序詞《じょことば》について語りますね。

序詞はだいたい上句《かみのく》（五・七・五）が自然の風物などで、「〜のように」と訳します。そして下句《しものく》（七・七）には人の心が置かれるのです。

今、「自然の風物」と言ったけれど、では、ここに、実態（実際の姿）がないのでしょうか。

いえいえ、「〜のように」でも、たとえば「太陽の明るさのように温かい心」と「太陽の明るさのように冷たい心」と並べれば、おわかりになりますよね。最初の「温かい心」の方が「太陽の明るさ」とマッチしています。

だから、「〜のように」の前に置かれる自然の風物は、下句の人の心と響き合っていなければなりませんでした。

和歌には、ずいぶんと数多く技巧がありますね。なんでこんなにたくさん、と思いましたか。それは、短いことば（三十一音）のなかにいろいろな意味を込めようとするからなのです。

これらの技法は和歌を光らせるカラフルなスイッチでした。

【秋《あき》】

やへむぐら茂《しげ》れるやどのさびしきに人《ひと》こそ見《み》えね秋《あき》は来《き》にけり

（一四〇、恵慶《えぎょう》）

何重《なんじゅう》にもむぐらが茂《しげ》り合《あ》っているこのさびしい家《いえ》。そんな家《いえ》には人《ひと》は来《き》てくれませんが、秋《あき》はやって来《き》てくれたのです。

✽ここから秋に入りますね。むぐらは蔓《つる》でからむ雑草のこと。それが生い茂っているので、どうでしょうか。わびしい風景ですね。「人こそ見えね」は下に逆接（〜けれど）で続きます。そうです。人の姿は見えないけれど、秋は来るのです。

詞書《ことばがき》によると「河原院《かわらのいん》で「荒れた宿に秋が来た」という題を人々が詠んだ時に（河《か》原院《はらのゐん》にて、「荒《あ》れたる宿《やど》に秋来《あきき》たる」といふ心《こころ》を人々《ひとびと》詠み侍《はべ》りけるに）」とあります。

この「**河原院**《かわらのいん》」ですが、ここは、もともと**源　融**《みなもとのとおる》の別荘でした。それが荒れ果ててしまったのです。

そしてこの歌の詠者・恵慶《えぎょう》の時代になりますと、**安法法師《あんぽうほうし》**が住み始めます。そこは歌人たちが集まって歌を詠む場所となったのです。

知識人たちが集まって世の中から取り残された思いをみんなで共有していた場。そうですね。一つのサロンになっていたのです。

ところで、この「河原院《かわらのいん》」は『**源氏物語**』に出て来るので有名。それは**夕顔《ゆうがお》の巻**。光源氏は夕顔を「なにがしの院《いん》」に連れ出し、そこで、夕顔は何者かに取り憑《つ》かれて亡くなってしまうのです。この「なにがしの院」が河原院を指している、という説があるのです。

また夕顔を殺してしまった怨霊《おんりょう》は、河原院の怨霊という説もあります（他に**六条御息所《ろくじょうのみやすどころ》の生霊《いきりょう》**という説も）。

このような河原院に、現世のつらい思いをかかえながら、歌人たちは集まっていたのですね。そして歌によって、無常の世を慰め合っていたのです。

なお、この歌は『**百人一首**』にも入っています。

くちなしの色《いろ》をぞたのむ女郎花《をみなへし》花《はな》にめでつと人《ひと》に語《かた》るな

（一五八、小野宮太政大臣《おののみやだいじょうだいじん》）

クチナシ色《いろ》の口無《くちな》しをひたすら頼《たよ》りにしています。女郎花《おみなえし》よ。花《はな》に魅《み》せられてしまった、などと人《ひと》に話《はな》さないで下《くだ》さいよ。

✿女郎花《おみなえし》の色から歌が始まってます。女郎花はクチナシ色。クチナシは白い花だけれど、染料は黄色。そしてクチナシだから「口無し」。つまり「無口」を連想させるのですね。自分たちのことを黙っていておくれ、という意味です。

歌にはクチナシ色が滲《にじ》み出ており、黄色が秘密をくるんで浮き立っているようです。「クチナシ」といえば、もう一つの植物が思い浮かびますね。それは**山吹《やまぶき》**です。山吹を使ったクチナシのエピソードといえば、そう、『枕草子』があります。次のお話は、『枕草子』の「殿《との》などのおはしまさで後《のち》」にあるのです。

ある時、**清少納言《せいしょうなごん》**は実家に引きこもってしまいました。なぜかというと、清少納言が**藤原道長方《ふじわらのみちながかた》**のスパイだ、という噂が広まって、ひどいいじめに遭《あ》ってしまったから……。そんな時に、**定子《ていし》**さまから手紙が、清少納言の実家に届けられました。

そこには、山吹《やまぶき》の花びらがただ一枚だけが包まれていたのです。その小さな花びらには「言《い》はで思《おも》ふぞ（言わないであなたを思っているのは）」と書かれていたのです。これは歌の一部でした。

その歌は、「表には出ないけど、心の底に流れている水があふれ出しています。それと同じように、あなたを思う私の気持ち、それは口に出さないけれど、すごく強いのですよ。ことばに出すよりもずっと」（心《こころ》には下行《したゆ》く水《みづ》のわきかへり言《い》はで思《おも》ふぞ言《い》ふにまされる）という歌でした（『古今和歌六帖《こきんわかろくじょう》』）。

もうおわかりですね。山吹に書かれた歌にも、「クチナシ」＝「ことばには出さないけれど」という意味が含まれていたのでした。

歌とクチナシの花のなかには、「ことばに出さない」ことが含まれていたのです。両方が二重奏になって、口に出さなくてもあなたを思っている、という定子の愛情を美しく、くるんでいたのですね。

この歌を目にした清少納言は、すぐに定子のもとへともどって行きました。

さて拾遺集歌にもどりまして、この歌では、女郎花が女性のたとえとなっていますね。花に魅せられたことを黙っておいてくれ、という口止めの歌となっています。

ところで、この歌の詠者・小野宮太政大臣《おののみやだいじょうだいじん》は**藤原実頼《ふじわらのさねより》**のことです。

和歌が上手で、勅撰集《ちょくせんしゅう》にも三十数首が採られていますし、『天徳四年内裏歌合《てんとくよねんだいりうたあわせ》』の判者《レフリー》でもあったのです。

ただ、人望《じんぼう》は弟の**藤原師輔《ふじわらのもろすけ》**の方があったといわれています。なお、弟の**師輔は藤原兼家《かねいえ》の父**にあたります。

おぼつかないづこなるらん虫《むし》の音《ね》をたづねば草《くさ》の露《つゆ》や乱《みだ》れん

（一七八、藤原為頼《ふじわらのためより》）

何《なん》だかはっきりしないのです。いったいどこで鳴《な》いているのでしょう。そんな虫《むし》の音《ね》をたずねようと分《わ》け入《い》ると、草《くさ》に置《お》いた美《うつく》しい露《つゆ》がはらはらとこぼれてしまうのです。

✿詞書《ことばがき》によると**藤原頼忠**《よりただ》の『前栽歌合《せんざいうたあわせ》』の歌。前栽《せんざい》というのは、庭の植木のことです。題は「草むらの夜の虫」。夜だからどうでしょう。虫の姿が見えないのですね。その音だけが聞こえてきます。そこで音を頼りにして虫をさがすと、草の露がはらはらとこぼれてしまうのです。

虫の音と草の上の露、二つともはかなくも美しい音色を奏でていますね。この歌は昔から「**やさしい歌**」（**やさしき歌**）（『八代集抄《はちだいしゅうしょう》』＝北村季吟《きたむらきぎん》の注釈書）といわれています。

はかない虫の音と草の上の露、その両者が、かそけき秋の夜を演出しています。

なお藤原為頼《ふじわらのためより》は、紫式部の父・為時《ためとき》の兄。だから、**紫式部の伯父**《おじ》**さん**ということになります。為頼は歌人で自撰《じせん》（自分で撰ぶこと）の家集もあります。そして、紫式部はこの伯父さんから文学的影響をたくさん受けているといわれているのです。

たとえば、紫式部が父の為時《ためとき》といっしょに越前国《えちぜんのくに》（福井県）に行った時、こんな歌を為頼《ためより》から贈られています。

小袿

○ある人が越前《えちぜん》（福井県）に下るときに、小袿《こうちき》の袂《たもと》に入れて、

「夏衣《なつごろも》の薄い袂《たもと》を頼みにしています。なぜってあなたのご無事を祈る私の心が隠れないで、この薄い衣のように、はっきりとわかるから」

（「なつごろもうすき袂をたのむかないのるこころのかくれなければ」）

（『為頼集《ためよりしゅう》』）

これから旅に出る姪《めい》に小袿《こうちき》（平安女性の普段着）の袂に歌を入れたものを伯父さんは贈ってくれたのです。

ところで、『源氏物語』のなかで小袿を着ていた有名な女性は**空蝉《うつせみ》**です。

ある時、空蝉は小袿《こうちき》をそのままにして下着姿（単《ひとえ》姿）で光源氏から逃げ出しました（八二三番歌参照）。その後、空蝉が夫とともに任国に下る時、光源氏は小袿とともにお別れの歌を贈ります。小袿とともに歌を贈るという趣向が、さきの**為頼《ためより》の歌と状況が似ている、**といわれているのです。

この歌だけではなく、紫式部は、さまざまな影響を、文学者の為頼から受けており、『源氏物語』のなかにもその影響が見られるのでした。

朝《あさ》まだき嵐《あらし》の山《やま》の寒《さむ》ければ紅葉《もみぢ》の錦着《にしきき》ぬ人《ひと》ぞなき

（二一〇、右衛門督公任《うえもんのかみきんとう》）

＝**朝早《あさはや》く、嵐《あらし》の山《やま》が寒《さむ》いので、紅葉《もみじ》の錦《にしき》を着《き》ない人《ひと》はいないのです。**＝

✲歌そのものはすぐにわかりますね。紅葉を衣に見立てたところがポイント。**カラフルで美しい歌**となっています。

さて、この歌は『大鏡《おおかがみ》』（平安時代の歴史物語）に入っていて有名（歌のことばは少し違いますが）。それによれば、

――ある年に、**道長**が大堰川《おおいがわ》で漢詩・和歌・管絃《かんげん》の三つの舟に、優れた人をそれぞれ乗せたのです。その時に**公任**《きんとう》が来たので、道長が「あの大納言《だいなごん》は、いったいどの舟に乗るおつもりなのか」とおっしゃったので、この歌を詠んで、公任《きんとう》は和歌の舟に乗りました。自分から和歌の舟に乗るだけのことはあって、立派な歌ですよね――。

そして、公任のことばとして「漢詩の船に乗ればよかったかな。（…）殿（道長）が「どの舟に乗るおつもりなのか」とおっしゃったのは、自分のことでも、得意になってしまったよ」と書いてあります。

公任は「漢詩《かんし》・和歌《わか》・管絃《かんげん》」すべてにすぐれていた、というわけです。

この話が世にいう「三船の才《さんしゅうのさい》」。公任は三つともできた才人だったのですね（なお、この説話は円融院《えんゆういん》の時の説話ともいわれています）。

さて、**藤原公任**《きんとう》が出てきたところで、公任のご紹介をしておきましょう。公任はこのエピソードでもわかるように、何でもできた風流貴公子《ふうりゅうきこうし》です。父親は前に出てきた**藤原頼忠**《ふじわらのよりただ》です（一七八番歌参照）。

公任はまた、この『拾遺和歌集』の母胎《ぼたい》になった『拾遺抄《しゅういしょう》』を選んだといわれています。『和漢朗詠集《わかんろうえいしゅう》』なども編集していたんですよ。

このように、公任は、当時の**代表的知識人**。だから、いろんな女性歌人たちとも交流がありました。特に**紫式部**とは『源氏物語』をめぐるやりとりがすごく有名です。なぜなら、公任のことばから、あの「**源氏物語千年紀**」が生まれたから……。というわけで、公任のことばを少し見てみましょうか。

○「失礼だけど、このあたりに、若紫《わかむらさき》さんはいらっしゃいますか」（「あなかしこ、このわたりに、わかむらさきやさぶらふ」）

（『紫式部日記《むらさきしきぶにっき》』）

これは、紫式部に問いかけた**公任《きんとう》のせりふ**です。公任のことばに出てくる「若紫《わかむらさき》」というのは『源氏物語』の若紫の巻に出てくる**紫《むらさき》の上《うえ》**のことを指しているのでした。

ということは、この時、すでに公任のような男性が**『源氏物語』を読んでいた**ことがわかるのですね。今、「この時」といいました。なんと「この時」が、いつかわかるのです。

それは、**敦成親王《あつひらしんのう》**が生まれた後の五十日《いか》の祝いの宴会の時。そして、年月日までわかるのです。それは一〇〇**八年の十一月一日**。

だから、その日の千年後である二〇〇八年の十一月一日が**『源氏物語』の千年紀**になりました。そのうえ、この十一月一日が、二〇一二**年には「古典の日」**という記念日になってしまいました。すごいことですよね。千年前の記事が今の記念日を作ってしまったのですから……。

さて、それでは場面をもどして、この公任《きんとう》のことばに対して**紫式部**はどのようなリアクションをしたのでしょう。

○ここには、源氏の君に似ていそうな人もお見えにならないのに、紫の上が、まして、いらっしゃるものですか、と思って聞いていました。

（源氏《げんじ》に似《に》るべき人《ひと》も見《み》えたまはぬに、かの上《うへ》は、まいて、いかでものしたまはむと、聞《き》きゐたり。）

（『紫式部日記《むらさきしきぶにっき》』）

光源氏のようなすてきな人がいないのに紫の上がいるはずもない、という反論が書かれてますね。でも、これを紫式部は口に出さずに、心のなかで思っただけ……。

ということで、この歌を詠んだ風流貴公子《ふうりゅうきこうし》藤原公任《きんとう》が、**「源氏物語千年紀」を作った張本人**だったのです。

【冬《ふゆ》】

思《おも》ひかね妹《いも》がり行《ゆ》けば冬《ふゆ》の夜《よ》の河風寒《かはかぜさむ》み千鳥鳴《ちどりな》くなり

（二二四、貫之《つらゆき》）

恋《こい》しい思《おも》い、それが募《つの》って恋《こい》しい人《ひと》のもとに行《い》きます。すると冬《ふゆ》の夜《よる》の河《かわ》風《かぜ》が寒《さむ》いので、千鳥《ちどり》もわびしそうに鳴《な》いているようです。

✿ここから冬に入ります。

まず、この時代は男性が女性のもとに行くので、この男性も愛する人のもとへと出掛けて行ったのです。それは、冬の夜でした。河風がヒューヒューと寒そうに吹きすさび、千鳥も寒々《さむざむ》しい鳴き声を上げていました。

ちなみにこの「なり」は推定《すいてい》です。そう、声を聞いて千鳥だと推測するのですね。

歌のなかの情景が千鳥と風によって、より一層寒さを伝えているのです。この寒さをものともせずに、恋人のもとへと歩き続ける男性の姿が目に浮かぶようです。

なお、『無名抄《むみょうしょう》』（鴨長明《かものちょうめい》）によると、六月の暑い日にも、この歌を口に出すと寒くなる、とあります。

本当に寒くなるような歌ですね。

水鳥《みづとり》の下安《したやす》からぬ思《おも》ひにはあたりの水《みづ》もこほらざりけり

（二二七、よみ人《びと》しらず）

水鳥《みずとり》が自分《じぶん》の恋《こい》の思《おも》いに絶《た》えられず、足《あし》をバタバタと動《うご》かすので、あたりの水《みず》が動《うご》いて凍《こお》ることがないのです。

✿水鳥は足を動かすので、水が動きます。だから水が凍らないのですね。なぜ足を動かしているのか、それは水鳥の恋の思いをあらわしているのです。

水鳥はじっとしている時は、足を動かさずに浮かんでいます。ただ、動く時には、足を動かすのですね。

さて、この水鳥の足というのは『**紫式部日記**』にも出てくるのですよ。それは恋の歌ではないけれど、ここでも水鳥は足を動かしています。

次にその歌を挙《あ》げてみましょうね。

○水鳥は水の上にのんびりと浮いています。ただ、そのことを自分に関係ない、などと思えない。なぜなら、私だって水鳥が水面下で足をバタバタと動かしているように、つらい世の中をバタバタと過ごしているのだから。

(水鳥《みづとり》を水《みづ》の上《うへ》とやよそに見《み》むわれも浮《う》きたる世《よ》をすぐしつつ)

一条天皇《いちじょうてんのう》が道長のお邸《やしき》にやって来ることになりました。道長の娘・彰子《しょうし》は、めでたく一条天皇の子どもを生んだのです。なぜ、めでたいか。まず、当時は出産が大変だったのです。**五人に一人の母親が亡くなり、子どもはもっと亡くなっていました。**そんななかでの「母子健康」の出産ですから、それはそれはめでたいことだったのです。そしてもう一つ。それは**道長が皇子**(**敦成親王**《あつひらしんのう》)の祖父になって、今後、力を持てるようになったからですね。

そんなめでたい**土御門邸**《つちみかどてい》(道長のお邸)。そこに一条天皇の来訪。これは大変なことでした。なぜって天皇がやって来るのはとても名誉なことだったから……。だから、道長のお邸はきれいに手入れをしていました。そう。めでたく、華やかなことがお邸には満ち満ちています。

でも、紫式部はどっぷりとその華やかさに浸れないのですね。その自分を分析しているのがこの歌。華やかですてきなことばかりの生活。ただ、私はそこに浸りきれない……。そして水鳥のように足をバタバタさせている……。

このような自分を見つめる思いを歌にしたのです。

さて、この歌のように自分に向かう目が他人にも及《およ》んで、『**紫式部日記**《むらさきしきぶにっき》』のなかでは、たくさんの人々が登場し、人々の性格がはっきりと書かれているのですね。

また、そのような視線——自分や他人の内面をみつめる目——が、あの数多くの人物（**約五百人**）が出てくる『**源氏物語**』を生み出したといえるのではないでしょうか。

見《み》わたせば松《まつ》の葉《は》白《しろ》き吉野《よしの》山《やま》幾世《いくよ》積《つ》もれる雪《ゆき》にかあるらん

（二五〇、平兼盛《たいらのかねもり》）

見《み》わたすと松《まつ》の葉《は》が真《ま》っ白《しろ》になっている吉野《よしの》山《やま》。いったい何年《なんねん》かかって積《つ》もった雪《ゆき》なのでしょう。

✿松の葉に雪が降り積もっている情景。溶《と》けることもなく積もった雪にめでたい意味が込められています。そうです。これは詞書《ことばがき》によると賀の屏風歌《びょうぶうた》でした。賀は祝すこと。そして、屏風歌はコラムにも出てきました（屏風歌については一番コラム「屏風歌と屏風絵歌」参照）。屏風に貼《は》られた歌でしたね。

さて、この屏風歌は誰のための歌でしょう。詞書によると「入道摂政《にゅうどうせっしょう》」の家の屏風歌とあります。入道摂政は**藤原兼家《ふじわらのかねいえ》**のこと。兼家の**六十歳**の時の屏風歌でした。

兼家は『蜻蛉日記《かげろうにっき》』の作者・道綱母《みちつなのはは》の夫として有名ですが、実は歌人でもあったのです。勅撰集《ちょくせんしゅう》には、十五首入集《にっしゅう》。**円融朝《えんゆうちょう》で活躍**し、この歌の詠者・兼盛《かねもり》や歌人の大中臣能宣《おおなかとみのよしのぶ》と交流がありました。

なお、この歌の詠者・兼盛《かねもり》は考えて考えて考え抜いて歌を作ったといわれています。

年《とし》の内《うち》に積《つ》もれる罪《つみ》はかきくらし降《ふ》る白雪《しらゆき》とともに消《き》えなん

（一一五八、貫之《つらゆき》）

年内《ねんない》に積《つ》もってしまった罪《つみ》。その罪《つみ》は、空《そら》を暗《くら》くするほど降《ふ》る、そんな白《しら》雪《ゆき》とともに、消《き》えて欲《ほ》しいのです。

✿白雪《しらゆき》は清浄《せいじょう》。その白雪とともに罪が消えて欲しいと詠んでいます。これは詞書《ことばがき》によると屏風歌。そしてこの屏風歌は月次屏風歌《つきなみのびょうぶうた》だったのです。「月次《つきなみ》」とありますので、月ごと、つまり一月から十二月まで絵が描かれてあって、そこに歌が付けられていたのでした。

この歌は**十二月仏名《ぶつみょう》**の屏風絵に付けられた歌だと思われます。今、仏名と言いましたが、これはいったいどのような行事だったのでしょうか。

仏名は仏名会《ぶつみょうえ》のこと。この仏名会は、十二月中旬の三日間に行われたのでした。諸《しょ》仏《ぶつ》の名前を唱《とな》えて、その年の罪が無くなるように祈ったのです。

罪が消えることを祈りながら、降り続ける白雪とともに詠んだ歌。降る雪が一つひとつの罪とともに、ひらひらと消えていくような情景が目に浮かびますね。

【賀《が》】

今年《こと》生《しお》ひの松《まつ》は七日《なぬか》になりにけり残《のこ》りの程《ほど》を思《おも》ひこそやれ

（二六九、平兼盛《たいらのかねもり》）

今年《ことし》生《は》えた松《まつ》は、ようやく七日《なのか》になりました。松《まつ》は千歳《ちとせ》だからまだまだ残《のこ》りは続《つづ》きます。その残《のこ》りの命《いのち》の長《なが》さを思《おも》いやるのです。

✿ここから賀《が》の歌に入ります。賀の歌というのは、お祝いの歌のことですね。これは詞書《ことばがき》によると**藤原実資**《ふじわらのさねすけ》が生まれた七夜の歌です。七夜というのは、「産養《うぶやしない》」のこと。「産養」は、親戚や知人たちが、子どもの誕生を祝って開くパーティーのことでした。それが、生まれてから三夜、五夜、七夜、九夜と続きました。

ところで、この「産養」は、特に七夜の主催者が最も身分の高い人物だったといわれています。

さて、説明はこのくらいにして歌にもどりましょう。この歌の言うように、まだ七日しか経っていないので残りの人生の方がずっとずっと長いのですね。それも松にたとえられた年齢ですから、まだまだ命が続くのです。

ところで、当時の出産は命がけでした。なにしろ母親の五人に一人が亡くなっており、子どもも丈夫に生まれてくることは少なかったのですから……。ということで、王朝の出産は、「母子ともに健康」ということは稀《まれ》なことでした（二二七番歌参照）。だから、子どもの誕生は、とてもとてもおめでたいことだったのです。よって、子どもの誕生はたくさんのお祝いイベントに囲まれていたのでした。産養《うぶやしない》もその一つ。

この歌はそんな時に詠まれた祝意《しゅくい》のある歌。子どもの長寿を松に引きかけて、めでたさに囲まれた**実資の七夜**を演出しているのですね。

六月《みなづき》のなごしの祓《はらへ》する人《ひと》は千《ち》とせの命延《いのちの》ぶといふなり
（二九二、よみ人《びと》しらず）

六月《ろくがつ》の夏越《なごし》の祓《はらえ》をする人《ひと》は、命《いのち》が延《の》びて、千年《せんねん》の寿命《じゅみょう》になるということです。

✿この歌の「夏越《なごし》の祓《はらえ》」というのはいったい何でしょうか。当時は一年の半分、つまり六月の晦日《みそか》に、**半年間の穢《けがれ》**を祓《はら》いました。

どういうことかというと、半年の間に積もり積もった悪いことを祓《はら》ったのです。祓《はらえ》というのは、わかりますか。神に祈って悪い物（罪・災《わざわい》・穢《けがれ》・病）などを取り除くことをいいます。

何だか説明が長くなってしまいましたが、ともかく半年間の悪いものをパッパと祓うわけです。これは通常、河原《かわら》で行いました。流れる水というのは清浄ですよね。ただし、夏越《なごし》の祓《はらえ》では、それ以外にも魔除《まよ》けの茅萱《ちがや》をくぐったのです。今もありますよね。そうです。**茅《ち》の輪《わ》くぐり**。

ところで、この歌のなかで「千年の寿命」と言っていますが、それは夏越の祓の効

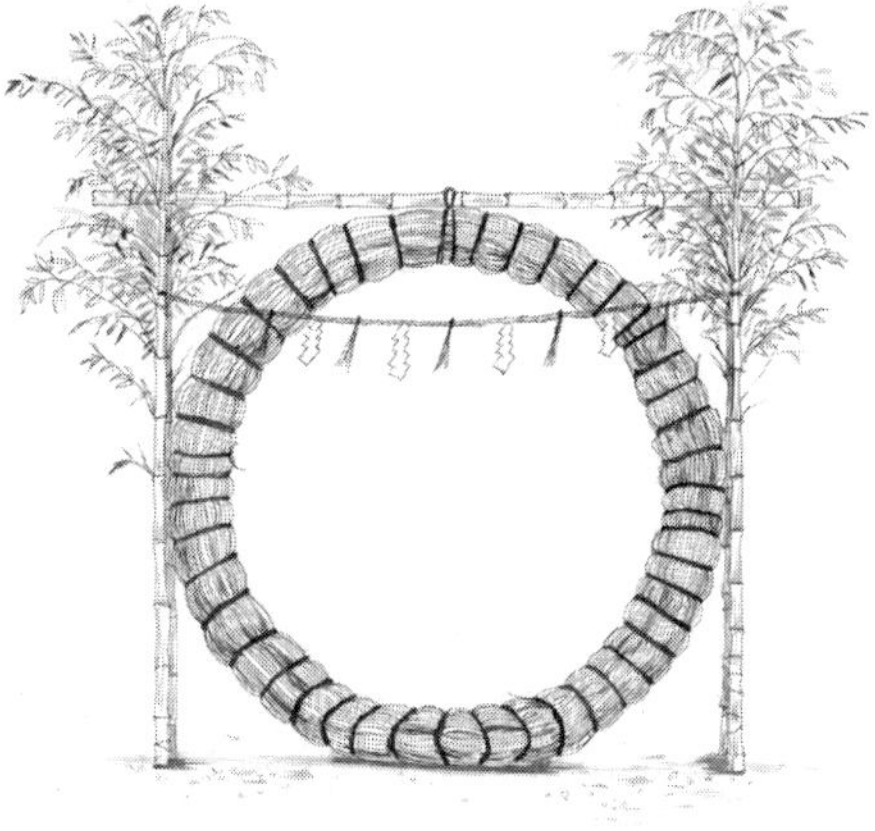

茅の輪

力をオーバーにいったものなのです。実際千年延びるわけではありませんよね。

　なお、昔の人は、この歌を唱《とな》えながら茅萱《ちがや》をくぐったといわれています。皆さまもこの歌を唱えながら、茅萱《ちがや》をくぐってみましょうね。

【別《わかれ》】

東路《あづまぢ》の木《こ》のしたくらくなりゆかば都《みやこ》の月《つき》を恋《こ》ひざらめやは

（三四〇、右衛門督公任《うえもんのかみきんとう》）

東路《あずまじ》の草木《くさき》、それが茂《しげ》って木《き》の下《した》が暗《くら》くなっていったなら、あの明《あか》るい都《みやこ》の月《つき》をいとしいと思《おも》うことはないでしょうか。いや、きっと思《おも》い出《だ》しますよ。私《わたし》のことを恋《こい》しいと思《おも》い出《だ》しますよ。

✿詞書《ことばがき》によると**藤原実方《さねかた》**が陸奥国《みちのくに》に行くので、下鞍《したくら》を公任《きんとう》が贈った時に添えた歌、とあります。陸奥国《みちのくに》は現在の福島、宮城、岩手、青森の四県と秋田県の一部を指します。それはさておき、公任《きんとう》は下鞍《したくら》とともにこの歌を贈りました。そこがポイント。下鞍は馬具《ばぐ》です。鞍の下の敷物（諸説有り）です。「下暗《したくら》く」に「下鞍《したくら》」が含まれているのですね。

そして、徐々に木《き》の下《した》が濃《こ》くなっていく東路《あずまじ》と明るい都の月を比較して詠《うた》っている

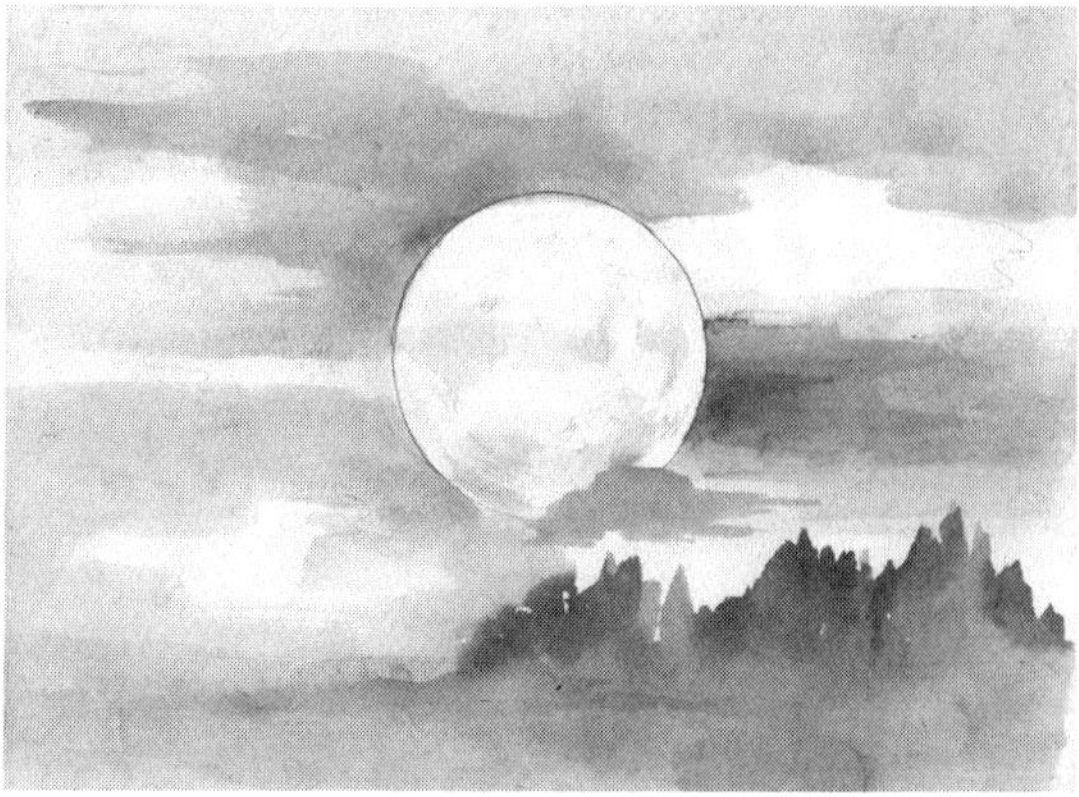

のです。
　また、この歌には、とある説話《せつわ》が隠されているといわれています。その説話とは、――ある時、**藤原行成《ゆきなり》と実方《さねかた》**が争って、実方が行《ゆき》成《なり》の冠《かんむり》を打ち落としてしまったのです。この争いを見ていた**一条天皇**が怒って実方に「歌《うた》枕《まくら》を見てまいれ」と言ったのです――（『古《こ》事《じ》談《だん》』）。
　当時は頭に何も被《かぶ》っていない姿を人に見られることは屈辱的《くつじょくてき》なことでした。だから、実《さね》方《かた》は大変なことをしてしまったのですね。
　そのため、実方《さねかた》が歌枕のある**陸奥国《みちのくに》に流された、**というお話でした。ただ、これは事実かどうかわからないのですが……。

君《きみ》をのみ恋《こ》ひつつ旅《たび》の草枕《くさまくら》露《つゆ》しげからぬ暁《あかつき》ぞなき
（三四六、よみ人《びと》しらず）

あなたのことだけを恋《こい》しいと思《おも》いながら旅路《たびじ》で寝《ね》る草枕《くさまくら》。その枕《まくら》がたくさんの涙《なみだ》で濡《ぬ》れない暁《あかつき》はありません。そう、あの暁《あかつき》。いつもあなたとお別《わか》れした暁《あかつき》……。

✽旅で思い出すいとしい人のこと。いつも別れた暁を思い出すたび、つらく悲しい涙がこぼれ落ちるのでした。草枕《くさまくら》というのは、たいがい旅の枕詞《まくらことば》として使われるのですが、ここでは、実態（実際の景色）のあることばとなっていますね（一三六番コラム「歌の技法いろいろ」参照）。

そして、ここに出てくる暁《あかつき》。暁といえば、有名なのは『枕草子《まくらのそうし》』の「暁《あかつき》に帰ろうとする人は（暁に帰らむ人は）」の段ですね。ここでは、女性のもとから帰る男性の様子が描かれています。

それによると装束をきちんと着ていたり、また烏帽子《えぼし》（平安の帽子）の緒《お》をしっかり締めたりして欲しくない、そして直衣《のうし》や狩衣《かりぎぬ》をぐずぐずにして着ている方がいい、というようなことが描かれています。

ここの直衣《のうし》や狩衣《かりぎぬ》は男性の普段着。狩衣は**肩のところが割れている**のが大きなポイント。

それはともかく、女性と愛し合った後なので、少しルーズな方がいいのですね。ところが、それに反して、テキパキと着替え、烏帽子《えぼし》の緒《お》はきゅっと結ぶ男性の描写も出てきます。これは、どうでしょうか。暁の別れとしては、しっとり感もなく、**残念な姿**なのですね。

というわけで、暁というのは男女が別れる時間帯。通常、「**あかつき**」、「**しののめ**」、「**あけぼの**」、「**あした**」の順番（時代や作品によってもずれますが）で、「あかつき」は午前三時から午前五時ぐらいとされています。

この歌は旅のなかでも特に印象深い別れの時間を前面に出しているのですね。そして、つらい涙にくれる男性の姿が浮かび上がってくるような歌となっています。

【物名《もののな》】

霞《かすみ》わけいまかり帰《かへ》るものならば秋来《あきく》るまでは恋《こ》ひやわたらむ

（四一五、よみ人《びと》しらず）

霞《かすみ》を分《わ》けて、今雁《いまかり》が帰《かえ》ってしまう。そのようなものならば、また雁《かり》がもどって来《く》る秋《あき》まで、私《わたし》はひたすら雁《かり》を恋《こ》い続《つづ》けることになるのでしょうか。

✻この部立《ぶだて》は「**物名《もののな》**」といいます。物名というのはいったい何でしょう。これは、簡単に言ってしまうと、**歌に名前を詠み込む**ことでした。この歌の詞書《ことばがき》には「まかり」とあります。

それではいったい「まかり」とは何でしょう。この「まかり」は「環餅《まがりもちい》」のことなのです。「まがり」は、もちごめなどの粉をこねて引きのばし、いろいろな形に曲げて油で揚《あ》げたもの。

そして、この歌は、お菓子の名前の「まがり」が「いまかり帰る」の「まかり」に

隠されているのです。

春になると雁《かり》が帰ってしまい、秋になるとやって来る渡り鳥。この歌では「霞」とあるので、春ですね。だから秋が待ち遠しい、秋になるとやってくる雁を恋い続けることになるのです。

そんなわびしい風景にお菓子が**隠し味**として読み込まれているのでした（四一五番コラム「平安時代の代表的なお菓子は？」参照）。

★四一五番コラム「平安時代の代表的なお菓子は？」

ここには「まがり」というお菓子が出てきました。ここで少し平安時代の代表的なお菓子についてお話ししましょうね。

まず、甘味料から。

これは甘葛《あまずら》とよばれるものです。甘葛は、アマチャヅルとよばれるつる草から出る樹液を煮詰めて作ったものといわれています（諸説あり）。かき氷にかけたりしました。

甘くて美味《おい》しそうですね。

また難しい漢字を書く「餅餤《へいだん》」というものもありました。

これはお餅《もち》のなかにいろいろなものを入れてあるのです。それは、煮た鳥の卵（鵞鳥《がちょう》や鴨などの卵）や野菜でした。お菓子よりも少し重いでしょうか。

主に儀式の時に出されたようですよ。

この餅餤が出てくる有名な作品は『枕草子』です（「二月、官《かん》の司《つかさ》に」）。

次は椿餅《つばいもちい》。そう、「つばきもち」のこと。椿の葉っぱ二枚で包んだものでした。

これは蹴鞠《けまり》（平安時代のサッカー）の後に食べたようです。
『源氏物語』では「若菜上《わかなのじょう》」に登場。
そこでは、蹴鞠《けまり》が終わった後に、みんなが椿餅を食べています。

【雑上《ぞうじょう》】

かくばかり経《へ》がたく見《み》ゆる世《よ》の中《なか》にうらやましくもすめる月《つき》かな

（四三五、藤原高光《ふじわらのたかみつ》）

こんなにも住《す》みづらい世《よ》の中《なか》。それなのにうらやましくも住《す》んで、そして澄《す》んでいる月《つき》よ……。

✿ここから雑《ぞう》の部立《ぶだて》に入ります。ここは「雑上《ぞうじょう》」になります。雑というのは、春・夏・秋・冬・賀・離別・羇旅《きりょ》・物名《もののな》・恋・哀傷《あいしょう》などの部立に入らない歌のことです。部立というのは一番歌でお話ししましたよね。

部類分けすると、どうしてもその範疇《はんちゅう》にはおさまらない歌が出てくるのです。

さて、それでは、雑の歌に入りましょう。

この歌はまず**藤原高光**《ふじわらのたかみつ》についてご紹介した方がよさそうですね。藤原高光は突然、出家をしました。それは九六一年（応和《おうわ》元年）のことでした。出家というのは世間を捨ててしまうことです。

彼は藤原師輔《もろすけ》の子どもで上流貴族。兄弟には、伊尹《これまさ》・兼家《かねいえ》・兼通《かねみち》たちがいました。だからみんなが高光の出家に驚いたのです。

高光は比叡山《ひえいざん》（京都府・滋賀県の境）の横川《よかわ》という所で出家して、それ以降は多武《とうの》峰《みね》（奈良盆地南東端にある山）にいました。だから、多武峰《とうのみね》少将《しょうしょう》とよばれています。また、みんなの嘆き悲しむ様子は『多武峰《とうのみね》少将《しょうしょう》物語《ものがたり》』（『高光日記《たかみつにっき》』）のなかに描かれています。

なぜ高光が出家したかはわかりませんが、父・師輔《もろすけ》が亡くなったため、とか、兄伊《これ》尹《まさ》の政治姿勢を嫌悪したためとかいわれています（『高光集』ついては六五七番コラム「政治家と家集の関係とは？」参照）。

さて、この歌ですが、「すめる」が「住める」と「澄める」の掛詞《かけことば》になっていますね。こんなに住むのがつらい世の中、それなのに空の月は澄んでいる。二つの響きを含みながら月は光を放っています。高光の苦しみが、そして悲しみが月のなかで、わびしく輝いていているような歌ですね。

年《とし》ごとに絶《た》えぬ涙《なみだ》や積《つ》もりつついとど深《ふか》くは身《み》を沈《しず》むらん

（四四三、元輔《もとすけ》）

毎年毎年《まいとしまいとし》昇進《しょうしん》の希望《きぼう》もなく、流《なが》れ続《つづ》ける涙《なみだ》が積《つ》もっていきます。その涙《なみだ》が積《つ》もり続《つづ》けて、私《わたし》を深《ふか》く深《ふか》く沈《しず》めることでしょう。

✿なんとも悲しい歌です。それでは、歌の前にまず詠者の**清原元輔《きよはらのもとすけ》**をご紹介いたしますね。元輔はあの有名なエッセイスト・**清少納言の父**です。元輔は歌人として有名。『後撰和歌集《ごせんわかしゅう》』という勅撰集《ちょくせんしゅう》を選んだ人たちの一人でした。『後撰和歌集』は『古今和歌集』の次。そして後撰の後が、この『拾遺和歌集』です。

元輔は歌を選ぶくらいだから、歌の才能がありました。このような才人の娘である清少納言は**和歌コンプレックス**で、父親の名前以上の歌はできない、などと言っています（『枕草子』「五月の御精進のほど」）。

さて、この歌には「除目《じもく》の翌日に命婦左近《みょうぶのさこん》という女性のもとに贈った歌（除目《ぢもく》の明日《あした》に、命婦左近《みやうぶのさこん》がもとにつかはしける）」といった詞書が付いています。命婦左近は女性です。命婦というのは中﨟《ちゅうろう》の女房を指しました。

女房は**上臈《じょうろう》、中臈《ちゅうろう》、下臈《げろう》**と分かれていました。紫式部や清少納言も中臈だといわれています。

それはさておき、除目というのは、昇進人事のこと。この当時、それは春と秋の二回ありました。春は地方官、秋は中央官の人事だったのです。ここは地方官人事のことだといわれています。

というわけで、元輔《もとすけ》はまたしてもこの人事に採用されず、**がっくり**しています。その残念な気持ちを涙に沈むと言い表したのですね。そして、そのがっくりとした気持ちを歌にして命婦左近《みょうぶのさこん》に贈ったのでした。

ところで**清少納言の書いた『枕草子』**のなかにも**この時代の人事風景**が出てくるのですよ。それは『枕草子』の「すさまじきもの」の段です。すさまじきものは、がっくりしてしまうもの、といった意味。

——今年こそ受領《ずりょう》になれそうな家に、みんなが集まって来ました。ところが、人事の会議が終わったのに、全く門を叩《たた》く音がしないのです。——そうですね。連絡がない、ということは、任官しなかった、ということです。

それで、翌朝になると、この家に集まった人々が、一人、二人と、こっそりすべり出て行ってしまいました。

残酷な除目の場面です。もしかしたら、**清少納言**は父親のわびしい姿を目撃していたかもしれませんね。そして除目の厳しさを身を以《もっ》て知っていたかもしれません。

滝《たき》の糸《いと》は絶《た》えて久《ひさ》しくなりぬれど名《な》こそ流《なが》れてなほ聞《き》こえけれ
（四四九、右衛門督公任《うえもんのかみきんとう》）

滝《たき》の糸《いと》は絶《た》えてから久《ひさ》しくなってしまいました。でも、その評判《ひょうばん》は流《なが》れ続《つづ》けて、まだずっと伝《つた》わってくるのです。

✲**藤原公任《ふじわらのきんとう》**は二一〇番、三四〇番にも出てきましたね。そう、「**三船の才《さんしゅうのさい》**」の人でした。

さて、この歌は九九九年（長保元年《ちょうほう》）九月十二日に**藤原道長**たちが嵯峨を歩いた時のもので、**大覚寺**で詠まれました。大覚寺は**嵯峨天皇《さがてんのう》**の御所があった所。公任たちの時代より約百五十年ぐらい昔のことになります。だから、滝の水は涸《か》れていたのですね。

ただ、その美しい滝の評判は流れ続けている、というわけです。道長はまるで嵯峨天皇の再来のような権力を持って、この滝の前にいます。

それに対して、滝の評判は今も伝わっている（嵯峨天皇の力はあなたの力のように今も伝わっている）、というのは持ち上げすぎのような気もしますが、それだけ公任の**歌**

の祝意が強いということなのでしょう。

句（五・七・五・七・七）の頭が、**タ、タ、ナ、ナ、ナ、**となるリズムの良い歌ですね。まるで、規則的な音を響かせて、滝が流れているようです。

そして、滝、流れ、聞こえ、というのは説明するまでもなく、つながっていることば――縁語《えんご》――になっていますね。

滝の水が澄んだ響きを過去から運んでくれました。なお、「滝の音は」とする本文もあります。そして、この歌は、『**百人一首**』にも入っている有名な歌なのです。

琴《こと》の音《ね》に峰《みね》の松風《まつかぜ》かよふらしいづれのをよりしらべそめけむ
（四五一、斎宮女御《さいぐうのにょうご》）

今弾《いまひ》いている琴《こと》の音《ね》。それに峰《みね》から吹《ふ》いてくる松風《まつかぜ》の声《こえ》が響《ひび》き合《あ》っているようです。いったいこの音《ね》は、どこの峰《みね》から来《き》て、どの絃《げん》に響《ひび》きを合《あ》わせ始《はじ》めたのでしょう。

✲まず、詞書《ことばがき》の説明をしておきましょうね。この歌は「野宮《ののみや》で斎宮《さいぐう》が庚申《こうしん》をされた時に「松風夜《まつかぜよ》の琴《こと》に入《い》る」という題を詠みました」とあります。

それでは一つひとつ見て行きましょうか。野宮《ののみや》はわかりますか。そうですね。斎宮《さいぐう》が潔斎《けっさい》（身を清《きよ》めること）をするところです。なにしろ神様に仕えることになるので、お清めが必要、というわけです。

そして、斎宮《さいぐう》というのは伊勢《いせ》に行き、斎院《さいいん》は賀茂《かも》に行きます。ここでは斎宮なので、伊勢ですね。この斎宮は**規子《きし》**です。歌の詠者・**斎宮女御《さいぐうのにょうご》は彼女の母親**。そして斎宮女御が、庚申《こうしん》の時に「松風夜の琴に入る」という歌を詠んだのでした。ここでもまた難しいことばがでてきましたね。**庚申《こうしん》**です。

庚申の日というのは十干十二支《じっかんじゅうにし》で示された日付なのです。

十干は甲《こう》、乙《おつ》、丙《へい》、丁《てい》、戊《ぼ》、己《き》、庚《こう》、辛《しん》、壬《じん》、癸《き》です。十二支《じゅうにし》は、子《ね》、丑《うし》、寅《とら》、卯《う》、辰《たつ》、巳《み》、午《うま》、未《ひつじ》、申《さる》、酉《とり》、戌《いぬ》、亥《い》です。それで、「庚申《こうしん》」といったら、十干が「庚《こう》」（七番目）、十二支は「申《しん》」（九番目）となります。

それで、そんな庚申《こうしん》の日にはイベントがありました。庚申の日には人間の体に隠れている虫が、眠っている間に天に昇って、なんとその人の悪事を天帝（天を支配する神）に密告してしまう、という言い伝えがありました。そのため、この日は**眠ってはいけなかった**のです。ただしこの時には、歌を作ったり、音楽を奏でるイベントがあったのでした。ここでは、歌を作るイベントがあったようですね。

斎宮《さいぐう》の母親である斎宮女御《さいぐうのにょうご》が、さきほども言ったように、「松風夜の琴に入る」という題の歌を詠んだわけです。

このように題を与えられて詠むことを**題詠《だいえい》**といいました（一番コラム「屏風歌《びょうぶうた》と屏風《びょうぶ》絵歌《えうた》」参照）。

だいぶ外側の説明が長くなってしまいました。それでは歌にもどりましょう。

歌は音を重ねてきれいな和音となっていますね。それは峰《みね》の松風と琴の音です。かそけき琴の音に峰の松風が加わって、わななくような音を奏でています。

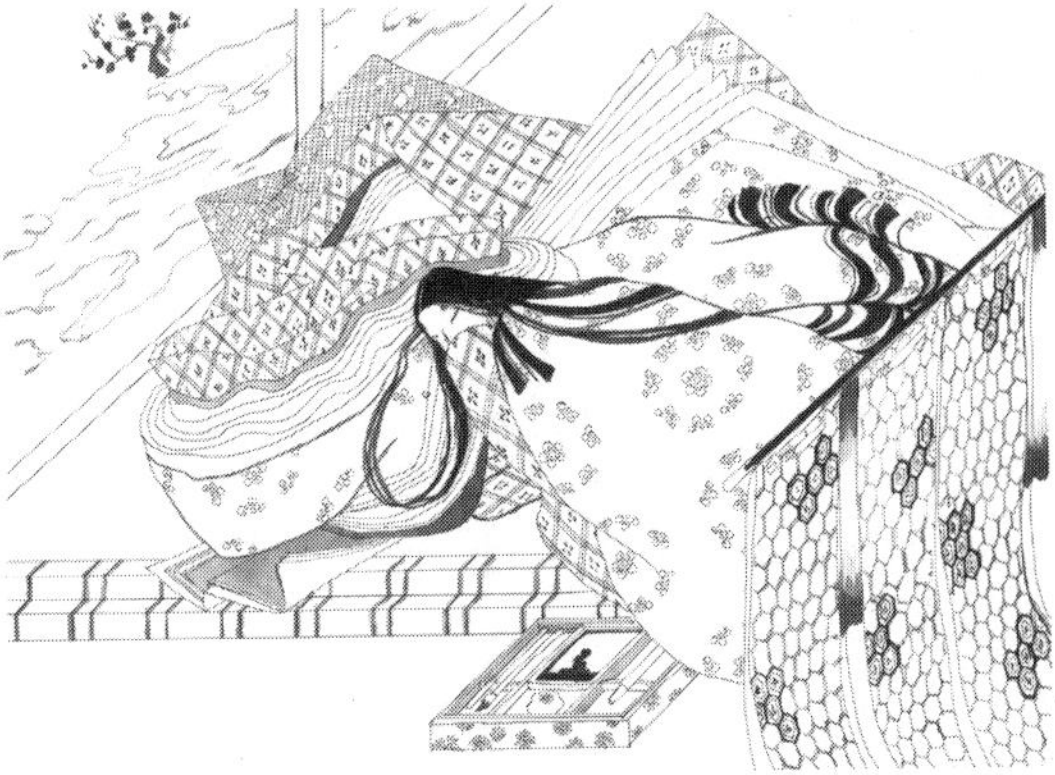

斎宮女御

山の尾、というのは山の峰続きの下の方。ここでは「尾」とお琴の「緒」が掛けられていますね。琴の緒を揺らす音が松風の尾から吹いてくる風なのです。風が琴の緒をやさしく搔《か》き鳴らし始めています。

この風は、山のどこかの尾根から吹いてきて、絃をかすかに揺らし、**妙《たえ》なる響き——風と琴——**を奏で続けるのでした。

音のハーモニーが聞こえるようなすてきな歌ですね。

【雑下《ぞうのげ》】

わたつ海《み》は海人《あま》の舟《ふね》こそありと聞《き》けのり違《たが》へても漕《こ》ぎ出《い》でたるかな

（五三〇、右大将道綱母《うだいしようみちつなのはは》）

海《うみ》には海人《あま》の舟《ふね》、尼《あま》の舟《ふね》ならあると聞《き》いているのに。法師《ほうし》が乗《の》っているなんて。きっとこの法師《ほうし》は、法《のり》を誤解《ごかい》して乗《の》り間違《まちが》って漕《こ》ぎ出《だ》していたのですね。

✻ここから「雑下《ぞうのげ》」になります。

この歌のポイントはどこにあるでしょう。そうですね。「法師なのに尼（海人）の舟に乗っている」というところ。そして「のり違へ」は「法違へ」と「乗り違へ」が掛詞《かけことば》になっています。法というのは仏様の教えのこと。

詞書によるとこれは屛風歌です。詞書には、「屛風に法師が舟に乗って漕《こ》ぎ出したところが描かれていました」とあります。海人《あま》（尼）の舟なのに、法師が乗っている、というところがポイント。

掛詞が使われていて技巧的で**ユーモラスな歌**となっています。このように道綱母の歌には、掛詞がうまく使われている歌が多いのです。

【神楽歌《かぐらうた》】

みてぐらにならましものを皇神《すべがみ》の御手《みて》にとられてなづさはましを

（五七八）

『**御幣《みてぐら》になりたいものです。神様《かみさま》の手《て》に取《と》られて神様《かみさま》と馴《な》れ親《した》しみたいのです。**』

✿ここから神楽歌《かぐらうた》に入ります。神楽歌《かぐらうた》というのは、簡単に言ってしまうと、宮中《きゅうちゅう》の神《しん》事《じ》の時などにうたわれる歌でした。ともかく神様がポイント。ということは、そうですね。めでたい歌ということです。

さて、この歌の「御幣《みてぐら》」はわかりますか。幣帛《へいはく》のこと。神前に供えるもので紙や布を細かく切って竹や木の幣串《へいぐし》に挟んだものですね。そう、今も神主さんが持っているものです。そして皇神《すべがみ》は皇室の先祖とされる神。

神様に捧げるものだから、神様が手にするわけですね。だから自分が御幣《みてぐら》だったら、神様と馴れ親しむことができるのです。

なお今「御手」を「みて」と読みましたが、これは神様関係だからですね。「御」の読み方は難しく、いろいろ説がありますが、通常は「おほん」です。神様関係、仏様関係、天皇関係は「み」と読みます。

さて、和歌にもどりますと、この和歌は「まし」が繰り返されて、それが一つのリズムになっています。「まし」（〜たら）は仮想。仮に思うこと。幣の音がめでたい空間に鳴り響きわたっているようですね。

【恋二《こいいち》】

恋《こひ》すてふ我《わ》が名《な》はまだき立《た》ちにけり人知《ひとし》れずこそ思《おも》ひそめしか

（六一、壬生忠見《みぶのただみ》）

〈恋《こい》をしている、という評判《ひょうばん》が、はやくも立《た》ってしまったのです。他人《たにん》には知《し》られないように、ひっそりと思《おも》い初《そ》めたというのに。〉

✿ここから**恋の歌**に入ります。まずは恋の初めの歌からです。心のなかでひっそりと恋が始まったのに、みんなのなかで評判になってしまっていたのですね。

隠しても隠しても、人には見つかってしまう恋の不思議。というよりも、隠そうとすればするほど、思いが態度や顔にあらわれてしまうのですね。自分では一生懸命に隠しているつもりなのに……。

噂になってしまった恋を嘆く、せつなくも甘い歌ですよね。

なお、この歌は『**天徳四年内裏歌合**《てんとくよねんだいりうたあわせ》』の歌です。天徳《てんとく》四年は九六〇年。内裏《だいり》はわかりますよね。天皇が住んでいる所。歌合《うたあわせ》は、前に出てきました。そう、歌の優劣を競うイベントでした（一番歌参照）。

この内裏歌合は九六〇年の三月三十日、村上天皇が催しました。判者《レフリー》は、**藤原実頼**《ふじわらのさねより》でしたね（一五八番歌参照）。

長々しく説明が続きましたが、この歌は「忍ぶ恋」の題で詠まれました。恋のごく初期の歌ですね。

そして、この歌は次の歌とバトルしました。それでこの歌は、いったい、どっちだったのでしょう。勝ち？　負け？

……残念ながら**負け**でした。レフリーはなかなか決められず、村上天皇の口添えで決まったということです。でも、後の世では、この歌の方の評価は高かったのですよ。

ところで、この歌には有名な説話があります。負けになったことを苦にして忠見が拒食症になり、亡くなった、というものです。

この説話は、事実ではないようですが、歌人たちが、いかに勝ち負けにこだわったか、ということがわかるお話ですね。

なお、この歌は、『**百人一首**』にも入っています。

さて、それではこの歌を負かした歌とは……。

しのぶれど色《いろ》に出《い》でにけり我《わ》が恋《こひ》は物《もの》や思《おも》ふと人《ひと》の問《と》ふまで
（六二二、兼盛《かねもり》）

心《こころ》のなかに秘《ひ》めていたのに、外《そと》に出《で》てしまったのです。私《わたし》の恋《こい》は……。「恋《こい》をしているのですか」と人《ひと》が尋《たず》ねるまでに。

✻これも忍ぶ恋の歌。自分だけでそっと心のなかに包んでいた恋。「恋をしているのですか」という第三者からの問いかけが、歌に躍動感《やくどうかん》を与えていますね。

じっと秘めていた恋が、周《まわ》りにわかってしまった、とする趣《おもむき》は前歌と同じ。

この歌は「我《わ》が恋《こひ》は」が倒置法《とうちほう》（語順を逆にすること）になっているところがポイント。「我《わ》が恋《こひ》は色《いろ》に出《い》でにけり」の順番を逆にしたのですね。そのため、「我が恋は」が自然に下句につながっていったのです。「我が恋」を中心にすることによって、なだらかな歌の作りとなりました。

そして、この歌が最終的には勝ちとなったのです。こちらの歌も『百人一首』に入っています。

ところで、あなただったら、どちらを勝ちにしますか？

よそにのみ見《み》てやは恋《こ》ひむ紅《くれなゐ》の末摘花《すゑつむはな》の色《いろ》に出《い》でずは

（六三二、よみ人《びと》しらず）

遠《とお》くから見《み》ているだけで、恋《こ》い続《つづ》けるのでしょうか。紅《くれない》の末摘花《すえつむはな》、その色《いろ》のように、恋《こい》の思《おも》いを外《そと》に出《だ》さなかったら……。

✿これも恋の初め。自分の気持ちは本当は紅《くれない》の末摘花《すえつむはな》。というわけで、紅の末摘花というのはわかりますでしょうか。

そうです。末摘花は染料にする**紅花《べにばな》**のこと。花を取って紅の染料にするのですね。紅の末摘花は色を導く序詞《じょことば》とされますが、これは実態（実際の姿）がありますよね（一三六番コラム「歌の技法いろいろ」参照）。紅色の思いは、そう、**溢《あふ》れるような熱い恋の思い**です。

この歌には基《もと》になっている有名な歌があります。それは「人知れずあなたのことを思っているのは苦しいのです。紅《くれない》の末摘花《すえつむはな》の色のように、私の気持ちも外に出してしまいましょう」（人知《ひとし》れず思《おも》へば苦《くる》し紅《くれなゐ》の末摘花《すゑつむはな》の色《いろ》にいでなむ）（『古今和歌集』・恋歌一・よみ人《びと》しらず・四九六）という歌です。

こちらも恋の思いが外にあらわれることを、末摘花の紅を使って歌っています。

じっと遠くから見ている恋。こちらの思いを告白しなければ、このままずっとつらい片思いになってしまう。独りで忍んでいる恋の苦渋が、色となって紡《つむ》ぎ出されます。ところで、この歌のポイントになっている「末摘花《すえつむはな》」はどこかで聞いたことがありますでしょうか。

そうですね。あの**『源氏物語』の登場人物の末摘花**。鼻が赤いことから末摘花とよばれました。

この人に関しては容姿がひどいことばかりが強調されますが、物を大事にする人でもありました。

末摘花が着ていた表着《うわぎ》で「黒貂《ふるき》の皮衣《かわぎぬ》」というものがあります。これはシベリアなどで捕《と》れた貂《てん》を毛皮にしたものです。そして、とても貴重なものでした。今でいうロシアンセーブルですね。

これは**父の形見**でした。黒貂《くろてん》は当時、身分の高い人が着ていたのです。父は親王《しんのう》(天皇の兄弟姉妹・皇子皇女)でした。だから、地位が高いので黒貂《くろてん》を着ていたのですね。

そう、末摘花は父の形見を大切に着ていたのです。

末摘花の美質は、あまり指摘されませんが、父宮を思う気持ちと古い物を大事にするところでした。

醜い顔ばかり目立つ末摘花ですが、内面を見ていくと、**もっと新たな発見**があるかもしれませんね。

大原《おほはら》の神《かみ》も知《し》るらむ我《わ》が恋《こひ》は今日《けふ》氏人《うぢびと》の心《こころ》やらなむ

（六五七、一条摂政《いちじょうせっしょう》）

大原《おおはら》の神様《かみさま》も知《し》っているでしょう。私《わたし》の恋《こい》を。今日《きょう》は大原野《おおはらの》のお祭《まつ》り。だから氏人《うじびと》（神《かみ》をまつる人《ひと》）の心《こころ》を晴《は》らして欲《ほ》しいのです。そう、この恋《こい》を成就《じょうじゅ》させて欲《ほ》しいのです。

✿この歌はまず詞書《ことばがき》からお話ししましょうね。これは**大原野《おおはらの》**のお祭りの時のこと。大《おお》原野神社《はらのじんじゃ》のお祭りは二月と十一月に行われました。

それで、このお祭りの日に一条摂政《いちじょうせっしょう》（藤原伊尹《ふじわらのこれまさ》）が、**榊《さかき》の文付枝《ふみつけえだ》**（植物や花に手紙を付けたもの）を女性のもとに贈った時の歌です。そう、榊に手紙を付けたのですね。

このラブメールでは、自分の思いを大原野神社に託《たく》してお願いしているのです。神様の力は届いたでしょうか、どうでしょうか。

さて、この歌の詠者・藤原伊尹《これまさ》は、兼通《かねみち》や兼家《かねいえ》の兄にあたります。また和歌の名手でもあり、『**一条摂政御集**《いちじょうせっしょうぎょしゅう》』という家集もあるのでした。

この家集は前半部が自撰《じせん》（自分で和歌を選ぶこと）ということになっています。そここには物語のように自分を主人公にした歌が並んでいて、文学史的にも重要（六五七番コラム「政治家と家集の関係とは？」参照）。

また、伊尹《これまさ》は『**後撰和歌集**《ごせんわかしゅう》』**を選ぶ時のまとめ役**（**別当**《べとう》）でした。女性たちとの歌も多くあり、歌人にして風流人。比較的短命で、四十九歳で亡くなりました。

なお、伊尹《これまさ》の跡を継《つ》いだのは、能力のある兼家《かねいえ》ではなく、**兼通**《かねみち》でした。伊尹《これまさ》は『**百人一首**』にも入集《にっしゅう》（九五〇番歌参照）。

★六五七番コラム「政治家と家集の関係とは？」

今、伊尹《これまさ》の家集のお話がでてきましたね。当時は、政治家が、家集を作るのが、はやりでした。たとえば、藤原師輔《ふじわらのもろすけ》には『師輔集』があります。

それでは、師輔の子どもたちを見ましょうか。伊尹《これまさ》はここに出てきましたね。『一条摂政御集《いちじょうせっしょうぎょしゅう》』でした。また伊尹の弟の兼通《かねみち》は『本院侍従集《ほんいんのじじゅうしゅう》』に多くの歌を残しました。家集の名前は女性名になっていますが、兼通が書かせました。また出家してしまいましたが、師輔《もろすけ》の子どもの高光にも『高光集』があります。

たくさん並べましたが、このように政治家たちは家集を残しました。それはなぜでしょうか。

たぶん、この人たちの文学的な活動が、政治家としての宣伝になったからではないでしょうか。今とはだいぶ違うようですよね。

逢《あ》ふことの絶《た》えてしなくはなかなかに人《ひと》をも身《み》をも恨《うら》みざらまし

（六七八、中納言朝忠《ちゅうなごんあさただ》）

逢《あ》うということが、まったくなかったならば、あの人《ひと》のことも自分《じぶん》の不幸《ふこう》な身《み》も恨《うら》まないですむのに……。

✽この歌は「天暦《てんりゃくの》御時《おほんときの》歌《うた》合《あわせ》に」という詞書《ことばがき》が付いています。これは、前に出てきた『天徳四年内裏歌合《てんとくよねんだいりうたあわせ》』と同じこと（六二一番歌、六二二番歌参照）。

というわけで歌合の歌ですね。題は「恋」。さて、この歌に関しては二種類の解釈があるのです。

まず一つ目はこの歌を「**まだ逢わない恋**」（未《いま》だ逢《あ》はざる恋《こひ》）と解釈する立場。『拾遺和歌集』の配列からすると、こちらになるでしょうか。

そう、まだ二人は逢っていない、とする立場ですね。世の中に「逢う」ということ、つまり二人が結ばれる、といったことがないならば、あの人のことも私のことも恨まないのに……。といった大意。

またもう一つはこの歌を「**一度逢ったけれど逢わなくなった恋**」（逢《あ》ふて逢《あ》はざる

恋《こひ》）とする立場です。好きな相手と一度は愛し合った、でも、その後は逢わなくなった、ということですね。

これは主に**『百人一首』**の解釈だといわれています。そう、この歌は『百人一首』に入っているのです。

その解釈だと「逢ったことによって、かえって恋の苦しみが増し、それなのに逢わなくなってしまったつらい恋」となりますね。

どうでしょうか。どちらにせよ、「**逢う**」**ことへのこだわり**が、恋心をせつなく押し出していますね。

詠者の藤原朝忠《ふじわらのあさただ》は、家集もあり、歌人です。

女性たちとの贈答歌《ぞうとうか》もたくさんあります。

【恋二】

逢《あ》ひ見《み》ての後《のち》の心《こころ》にくらぶれば昔《むかし》は物《もの》も思《おも》はざりけり

（七一〇、権中納言敦忠《ごんちゅうなごんあつただ》）

逢《あ》った後《あと》の気持《きも》ち。それとくらべてみると、逢《あ》う前《まえ》の物思《ものおも》いなんて、たいしたことはありませんでした。

✽ここから恋二に入ります。恋がだんだんと深くなってくる段階に入りました。とうとう二人は結ばれたようですよ。

そう、ずっと思い続けていた人とようやく愛し合うことができたのです。でも、そこからまた新たな恋の苦悩が始まってしまったのです。愛し合ったらますます募っていく恋心が、逢う前の気持ちと比較されて詠《うた》われています。

逢う前は、ひたすら逢いたくて気持ちがいっぱいだったけれど、逢った後は、「このまま逢えなくなったらどうしよう……、今度はいつ逢えるのだろう」といった不安が始まるのですね。

そして、これは**後朝の歌**《きぬぎぬ》といわれています。後朝というのはわかりますでしょうか。男女が愛し合った翌朝、男性のもとから女性へと歌を贈ることをいいます。

この歌は、逢う前と逢った後。それを比較しているところがポイント。詠者の敦忠《あつただ》は藤原時平《ふじわらのときひら》の子ども。女性たちとの歌が多い風流貴公子《ふうりゅうきこうし》です。和歌のほかには楽器（管絃《かんげん》）も上手だったといわれています。

なお、この歌は『**百人一首**』に採《と》られている有名な歌。

さて、後朝《きぬぎぬ》の歌を贈る、とさきほど言いましたが、この後朝の歌が来ない、というのはどういうことでしょうか。そう。男性側からの**拒否の意思表示**。このまま関係を続けていけない、という残酷な拒絶だったのです。

○昨夜はじめて通い出した男性で、今朝の手紙がなかなか届かないのは、人のことでさえ胸がつぶれます。

（昨夜《よべ》来《き》はじめたる人《ひと》の、今朝《けさ》の文《ふみ》のおそきは、人《ひと》のためにさへつぶる。）

（『枕草子』「胸《むね》つぶるるもの」）

敦忠

これはつらいできごと。本当に「がっくりなもの」(胸つぶるるもの)ですよね。いったい何があったのでしょうか。男性からの拒否ですよね。このまま手紙が来なかったら、本当につらすぎる。

夢《ゆめ》よりもはかなきものは陽炎《かげろふ》のほのかに見《み》えし影《かげ》にぞありける

（七三三、よみ人《びと》しらず）

夢《ゆめ》よりもはかないもの。それは、陽炎《かげろう》のようにほのかに見《み》えたあの人《ひと》の姿《すがた》だったのです。

✿ようやく逢えたものの、それは夢よりも不確かなもの。相手の姿も少しだけしか見えなかったのですね。

陽炎《かげろう》は見たことがあるでしょうか。

日射しが強いと空気が地面からゆらゆらと動いて見えますよね。陽炎《かげろう》というのはそういった現象を指します。

なお『蜻蛉日記《かげろうにっき》』の「蜻蛉」は**カゲロウ目の昆虫の総称**を指します。この昆虫は、成虫になってからの命が短いのですね。

だから『蜻蛉日記』のなかでは「あるのかないのかわからないような、はかないかげろうのような日記ということになるのでしょう」と書かれているのです。陽炎も蜻蛉も「**はかなさ**」**がポイント**。

夢よりもはかない一瞬の逢瀬《おうせ》。その時に見たあの人の姿は少しだけ。もっと何時間でも逢っていたい、そしてずっとあの人の姿を見ていたい……。

逢うことはできたものの、はかない恋に苦しむ心が、**ゆらゆらと立ち昇っている**ようです。

わびぬれば今《いま》はた同《おな》じ難波《なには》なるみをつくしても逢《あ》はむとぞ思《おも》ふ
（七六六、元良《もとよし》の親王《みこ》）

これほど苦《くる》しい思《おも》いをしているのだから、今《いま》となったら破滅同然《はめつどうぜん》。だから、難波《なにわ》にある澪標《みおつくし》のようにこの身《み》を滅《ほろ》ぼしても、あなたと逢《あ》いたいとひたすら思《おも》うのです。

✿まずこの歌のなかで「難波《なにわ》にある澪標《みおつくし》」のお話をしましょうね。難波は大阪のこと。ここでは大阪湾のことですね。

それで、次は「澪標《みおつくし》」。これは、**水中に立っている杭《くい》**のようなもの。何をあらわしているのか、というと「水脈《みお》つ串」。そう、「つ」は今の「の」です。だから水脈《すいみゃく》の串《くし》ですね。

それでは水脈の串というのはどういうことでしょう。これは、深い水脈を知らせるための杭《くい》だと思われます。船は浅瀬《あさせ》だと乗り上げてしまいますよね。だから、「ここは深いですよ、大丈夫ですよ」と知らせてくれた杭のことです。

さて、杭のお話が長くなってしまいましたが、「みをつくし」が「身を尽くし」と

「澪標《みおつくし》」の掛詞《かけことば》になっているのですね。だから身が破滅しても、命がなくなってもあなたと逢いたい、という激しさが渦巻いているのです。

ところで、ここでは、「今はた同じ」を「今となったら破滅同然」と訳しました。ただし、歌のなかには「何」と「何」が同じか、はっきりとは書いていないのです。だから別の説もあるのですね。

その別の説とは、「同じ」を「噂」ととる説です。つまり、「もう噂になってしまったので（破滅も）同じこと」と解釈する立場。

ただ、この歌のなかのポイントは「身を尽くし」なので、今も自分は恋の思いでぼろぼろなのだから、あなたに逢いたい、ということなのですね。だから、「身の破滅」が同じ、とする方が歌の調べとしてふさわしいような気がします。

なんだか、この歌は切羽詰《せっぱつ》まったような訴えがあると思いませんか。実は、この切迫感《ぱくかん》は、歌の詠者に関係があるのですよ。

この歌は元良親王《もとよししんのう》が詠んだ歌で、『後撰和歌集《ごせんわかしゅう》』によれば、宇多天皇《うだてんのう》の后《きさき》に贈った、ということです。

つまり、元良親王は、なんと天皇の后《きさき》と密通していたのです。これは大変なことですよね。だからタブーの恋から生まれた激しくも強い恋の歌となったのです。

「自分の身を捨ててもいいから、あなたに逢いたい」という強烈な思いが、波のような音を立てて激しく渦巻いている歌。

なお、この歌は『**百人一首**』にも入っています。

【恋三】

あしひきの山鳥《やまどり》の尾《を》のしだり尾《を》のながながし夜《よ》をひとりかも寝《ね》む

（七七八、柿本人麻呂《かきのもとのひとまろ》）

山鳥《やまどり》の尾《お》が垂《た》れ下《さ》がっているように長《なが》い長《なが》い秋《あき》の夜《よる》。そんな夜《よる》を私《わたし》はたった独《ひと》りで寝《ね》るのでしょうか。

✿ここから恋三に入ります。燃え上がった恋にもだんだんと翳《かげ》りが射すようになりました。

この歌は鳥を使ってその哀しみを歌っています。

まず、「あしひきの」は「山」にかかる**枕詞**《まくらことば》。枕詞は、通常五音で特定のことばに付きます（一三六番コラム「歌の技法いろいろ」参照）。

そして、この歌のポイントは何といっても山鳥です。

山鳥は雌雄《しゆう》が、谷を隔てて寝るといわれていました。その山鳥の雄《おす》の尾っぽは長いのです。その尾っぽのように長い夜、と続くのですね。

「あしひきの山鳥《やまどり》の尾《を》のしだり尾《を》の」の三句が「ながながし」を導く序詞《じょことば》になっています。

序詞は「〜のように」と訳すのでしたね（前出一三六番コラム「歌の技法いろいろ」参照）。

ただ、序詞は、単なる叙景《じょけい》（風景を詠むこと）だけではなく、そこには意味がありましたよね。ここでも雄《おす》の尾が長く長く垂れ下がっている様子が、夜の長さを強調しているのです。

独りぼっちで寝ている秋の夜長。耐えられない長さを山鳥の尾が連れてきてしまいました。

ところで、詠者の柿本人麻呂《かきのもとのひとまろ》は、聞いたことがあるでしょうか。万葉時代の最大の歌人ですね。

持統天皇《じとうてんのう》に仕え、宮廷歌人《きゅうていかじん》として活躍《かつやく》しました。

勅撰集《ちょくせんしゅう》にも約二百四十八首が入集《にっしゅう》。ただ、人麻呂が詠んだかどうか、疑わしい歌も多いのです。

平安末期ごろから歌の神様とあがめられ、「**人丸影供**《ひとまろえいぐ》」が行われました。

「人丸影供」は、人丸の絵が掛けられ、供え物をして歌を詠むセレモニー。人丸が歌の神様になっている様子がよくわかりますよね。

なお、この歌は『百人一首』にも入っている名歌です。

叩《たた》くとて宿《やど》の妻戸《つまど》を開《あ》けたれば人《ひと》もこずゑの水鶏《くひな》なりけり
（八二二、よみ人《びと》しらず）

誰《だれ》かが戸《と》を叩《たた》いているので、家《いえ》の妻戸《つまど》を開《あ》けてみました。すると人《ひと》が来《き》たわけでもなく、ただ梢《こずえ》にいる水鶏《くいな》の鳴《な》き声《ごえ》だったのです。

✿まず妻戸《つまど》からお話ししましょうね。これは廂《ひさし》（奥側の廊下）に四か所付いています。人が部屋のなかに出入りするドアだと思って下さい。

このドアを誰かが叩《たた》く音がするのですね。それでドアを開けたら、誰もいないのです。そして、この歌の主人公は水鶏《くいな》。そう、水鶏の鳴き声が聞こえたのですね。

というわけで、水鶏の鳴き声というのは……。それは、とびらを叩く音にそっくりなのです。だからここでは人が来ないで、水鶏《くいな》のトントンという鳴き声だけだったのですね。

そして、「人も来ず」と「梢《こずえ》」の「こず」が掛詞になっていますね。梢は枝の先の方。人は来ないけど、水鶏《くいな》だけが鳴いていました。なんだかつらくさびしいですね。

この「人」はもちろん恋人のこと。

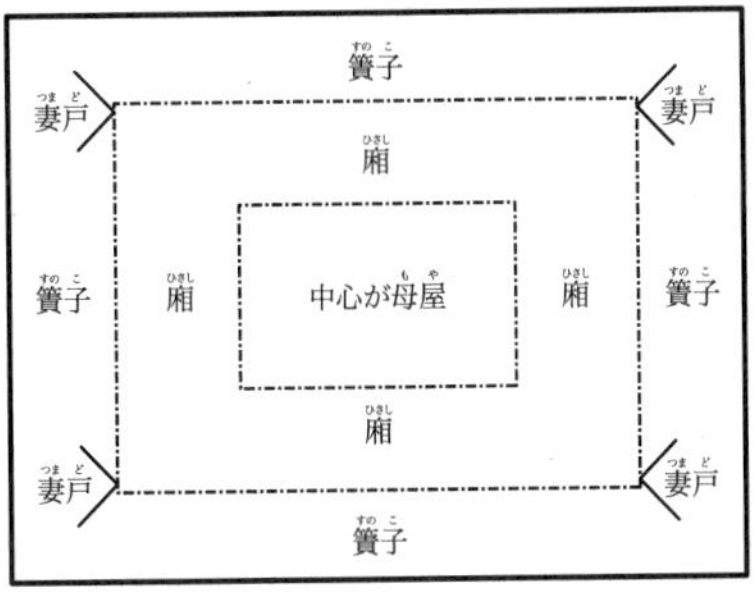

寝殿内部略図

ところで、水鶏《くいな》で有名な贈答歌があるのですよ。

それは道長《みちなが》と、あの紫式部の贈答歌。

○渡殿《わたどの》に寝ていた夜に、なんか部屋の戸を叩《たた》く人がいると聞いたけれど、恐いのでそのまま答えることもしないで、夜を明かしました。

そうしたら次の朝、

「一晩中水鶏《くいな》がトントンと鳴いている、それ以上に、私は、このとびらのところで泣いていたのですよ。とびらを一晩中叩《たた》きながら嘆いていたのです」と歌が来ました。

それに対してのお返事、

「ただではすまさない、という具合に戸を叩く水鶏《くいな》。その水鶏《くいな》のために戸を開けてしまったら、どんなに悔《くや》しい思いをしたことでしょう」

（渡殿《わたどの》に寝《ね》たる夜《よ》、戸《と》を叩《たた》く人《ひと》ありと聞《き》けど、おそろしさに、音《おと》もせで明《あ》かしたるつとめて、

「夜《よ》もすがら水鶏《くひな》よりけになくなくぞまきの戸口《とぐち》に叩《たた》きわびつる」

かへし、

「ただならじとばかり叩く水鶏《くひな》ゆゑあけてはいかにくやしからまし」）

これは『紫式部日記』の記事です。渡殿《わたどの》というのは、建物と建物をつなぐ廊下のようなもの。何もない透渡殿《すきわたどの》と部屋のある渡殿《わたどの》がありましたが、ここは紫式部の部屋ですね。

最初の歌を詠んだ人は、この水鶏を使って一晩中、とびらを叩《たた》いたことを強調してます。当然この歌は男性の歌。何だか恐いですね。

それに対して紫式部は、とびらを開けてしまったら後悔するところでした、という歌を詠んでいます。

『紫式部日記』のなかでは、「道長」とは書いていません。ただ、最初の歌は**『新勅《しんちょく》撰和歌集《せんわかしゅう》』という勅撰集のなかでは道長の歌となっているのです。**

道長と紫式部の関係は『尊卑分脈《そんぴぶんみゃく》』にも載《の》っています。『尊卑分脈《そんぴぶんみゃく》』は大雑把《おおざっぱ》にい

うと、系図《けいず》がたくさん載《の》っている本。そして、なんと紫式部のところに「**御堂関白**《みどうかんぱく》**妾**《しょう》」と書いてあるのでした。

「御堂関白《みどうかんぱく》」は道長、そして「妾《しょう》」というのは、「愛人」というような意味になるでしょうか。ただ、この系図も、あとになってから書かれたものなので、断定はできませんね。

ところで、『紫式部日記』のなかでは、さきに挙《あ》げたような道長とやりとりした歌もあるし、また『**源氏物語**』を書くために、道長が筆や墨、紙や硯《すずり》などを用意してくれたことも書かれています。また、墨ばさみや墨や筆なども紫式部にくれたのですよ。

だから二人は、『紫式部日記』のなかで「関係があるかのように」語られていることは確かなのです。

夏衣薄《なつごろもうす》きながらぞたのまるるひとへなるしも身《み》に近《ちか》ければ
（八二三、よみ人《びと》しらず）

夏《なつ》の衣《ころも》は薄《うす》いけれども、頼《たの》もしく思《おも》えるのです。なぜなら一重《ひとえ》なので、あの人《ひと》の身体《からだ》に近《ちか》いから……。

✿夏の衣は一重《ひとえ》なので薄いのです。一重ということは、そう、裏が付いてないのですね。裏付きは袷《あわせ》といいました。つまり、薄ければ薄い分だけ、好きな人の身体に近く接しているのです。だから、薄いけれど頼もしく思われるのですね。

この一重の衣は後朝《きぬぎぬ》の時に交換した衣でしょうか。後朝というのは愛しあった翌朝、衣を交換したところから、「**きぬぎぬ**（**衣衣**）」と読むようになりました。

ところで、この歌なのですが、このひとえを「単《ひとえ》」（下着）と取る説もあります。ただし、「単」（下着）は夏の衣ではないので、一年中「ひとえ」とよばれました。どういうことかわかりますか。下着の単《ひとえ》は夏の衣ではなくとも「ひとえ」といったのです。少しややこしいですね。

それでは、「**下着の方の単《ひとえ》**」を語りますね。

女房装束

夏の単《ひとえ》（下着）は何によって作られていたのでしょうか。これはだいたい生絹《すずし》といわれています。そう。生《き》糸《いと》で織った絹織物《きぬおりもの》。生糸というのは、まだ練ってない絹糸のこと。だから、生絹《すずし》でできた衣は、少しゴワゴワした感じ。

それではここで、生絹《すずし》の単《ひとえ》を着ていた人を見てみましょう。それは前にも出てきた『源氏物語』の空蝉《うつせみ》とよばれる人です（一七八番歌参照）。

光源氏が、ある時、方違《かたたが》え（方角が悪いので他所《よそ》に行くこと）であるお邸《やしき》に行きました。

そこで出逢ったのが空蝉《うつせみ》です。空蝉はすでに伊予介《いよのすけ》（伊予《いよ》は愛媛県で介《すけ》は次官《じかん》）の後妻となっていました。それなのに、光源氏はこの女性と結ばれてしまうのです。

ただし、空蟬《うつせみ》は賢《かしこ》い女性なので、光源氏の遊び相手になるまいと考え、それ以降、光源氏のことを**無視し続けます**。

ある時、光源氏が空蟬《うつせみ》の部屋に忍び込もうとした時、なんと彼女は、単《ひとえ》だけで、出て行ってしまうのです。

何度も繰り返しますが、こちらの単《ひとえ》は**下着**のことです。

○（…）そっと起き出して、生絹《すずし》の単《ひとへ》一つだけを身に着けてすべるように抜け出したのでした。

（（…）やをら起《お》き出《い》でて、生絹《すずし》なる単《ひとえ》ひとつを着《き》てすべり出《い》でにけり。）

（『源氏物語』「空蟬《うつせみ》」）

ここでは空蟬《うつせみ》が夏用の生絹《すずし》の単《ひとえ》で逃げ出していますね。なんと、空蟬は下着のまま光源氏から逃れたのでした。なお、この生絹《すずし》ですが、夏用なので**肌が透《す》けて見えた**と思われます。

お話が下着の単《ひとえ》の方に行ってしまいました。そうです。拾遺集歌の方は、夏の衣なので、裏がなく一重《ひとえ》でしたね。

ところで、昔は衣のなかには魂《たましい》が宿ると考えられていました。

だから、裏なしの夏用の衣だったら、より一層、好きな人の肌に直接触れることが、つまり**魂に触れる**ことができるのですね。

我《わ》が背子《せこ》が来《き》まさぬ宵《よひ》の秋風《あきかぜ》は来《こ》ぬ人《ひと》よりもうらめしきかな

（八三三、曽禰好忠《そねのよしただ》）

私《わたし》の愛《いと》しい夫《おっと》が来《き》て下《くだ》さらない宵《よい》の秋風《あきかぜ》。その秋風《あきかぜ》は来《こ》ない人《ひと》よりもずっと恨《うら》めしくつらいのです。

✿宵《よい》の秋風は、夜の秋風。だから寒く吹くのです。

それでは、なんで来ない相手より、秋風の方がつらいのでしょう。そうです。「秋風」に「飽き風」が、掛けてあるからですね。そして背子《せこ》は夫のこと。冷たく吹きすさぶ秋風は、夫から飽きられた証拠です。**一人寝のわびしさ**は、恋の破局を語っています。

来ないことより、飽きられてしまうことの方が恐くてつらい。秋風のなかに恋の終わりが、さびしく吹き荒れています。

なお、詠者の曽禰好忠《そねのよしただ》は歌人として有名。『万葉集』などの古い言葉を使うことで、**今までにない歌の形**を作り上げました。また、さまざまな試みもしています。なかでも「**毎月集**《まいげつしゅう》」がよく知られています。

「毎月集」(三百六十首和歌)というのは、一年三百六十日を詠んだもので、九七一年～九七二年ごろにできたといわれています。それから彼は、「**百首歌**」も作っています。

「百首歌」は、そのまま百の歌を定数として詠むものですね。曽禰好忠《そねのよしただ》の他、源順《みなもとのしたごう》、恵慶《えぎょう》、和泉式部《いずみしきぶ》などの百首が有名です。

好忠《よしただ》は官位《かんい》そのものは低かったけれど、歌人として名前が残りました。

さて、説明が長くなりましたが、歌にもどりましょう。この歌は、来ない人よりつらいものとして秋風が描かれているところが斬新《ざんしん》。普通だったら、来てくれない人を恨むでしょうけれど、この歌では秋風の方を恨めしい、と言っているのです。

そうです。好きな人が来なくなるより、好きな人に「飽きられてしまう方」がずっとずっと、**打撃が大きい**ですよね。

【恋四】

忘《わす》らるる身《み》をば思《おも》はず誓《ちか》ひてし人《ひと》の命《いのち》の惜《を》しくもあるかな

(八七〇、右近《うこん》)

忘《わす》れられてしまう私《わたし》の身《み》は何《なん》とも思《おも》いません。ただ私《わたし》とのことを神《かみ》かけて誓《ちか》ったあなたの命《いのち》が、神《かみ》の罰《ばつ》によって失《うしな》われることが心配《しんぱい》なのです。

✲さて、恋四に入ります。もう完全に恋が下り坂になっていますね。この歌は、忘れられてしまった女性が男性に詠んだ歌。実はこの歌、二つの解釈があるのですよ。

①神罰《しんばつ》であなたの命がなくなると思うと、あなたのことが心配なの(純情説)。

②私を捨てたのだから、あなたは神罰《しんばつ》で命がなくなるわよ(脅迫説《きょうはくせつ》)。

「私の命にかけて誓《ちか》う」と言った男性は、命をかけたのに、右近《うこん》のことを忘れてしまったのですね。そのような時に右近はこの歌を贈ったのです。

①は相手を心配している歌ですね。それに対して②はどうでしょうか。「あなたの命はないわよ」と言っているのですから、恐いですよね。

このように、**逆の解釈**が出てきてしまうのが和歌のおもしろいところ。

なお、昔の注釈書では①の純情説が多かったようです。

○こんなふうに、約束した人が自分を忘れたのに、それを恨《うら》んだりしないで、その人のことを心配する気持ちは、とてもすてきなことですよね。

（かく契《ちぎ》れる人《ひと》の忘《わす》れゆくをうらみずして、なほその人《ひと》を思《おも》ふ心《こころ》、尤《もっとも》あはれにや侍《はべ》らん。）

（『百人一首応永抄《おうえいしょう》』〔応永抄《おうえいしょう》は『百人一首』最古の注釈書〕）

どうでしょう。これは、①の純情説ですね。

この歌の詠者・右近《うこん》は、藤原敦忠《あつただ》（七一〇番歌）、藤原朝忠《あさただ》（六七八番歌）などと恋愛関係にあり、**華やかな女性**でした。

なお、この歌は『大和物語《やまとものがたり》』にもあり、それによると相手の男性は敦忠《あつただ》だったようです。またこの歌、先ほど出てきたように、『百人一首』にも採《と》られています。

ところで、①の純情説、②の脅迫《きようはく》説、あなたは**どちらを取りますか。**

たらちねの親《おや》のいさめしうたた寝《ね》は物思《ものおも》ふ時《とき》のわざにぞありける

（八九七、よみ人《びと》しらず）

親《おや》が、かつて禁《きん》じていたうたた寝《ね》。それは、恋《こい》の物思《ものおも》いをしている時《とき》の行《こう》為《い》だったのです。

✿さて、ここは少し変わって「うたた寝」の歌となっています。まず親が禁じていたうたた寝。それはなぜでしょう。そう。恋の思いで夜に眠れないので、昼間にうたた寝をしてしまうのですね。だからうたた寝は禁止されてました。なかなか眠れない状態。というのは好きな人に逢えない状態。ところで、『源氏物語』のなかでうたた寝をしている姫君で有名な人は、いったい誰でしょう。

それは**雲居雁**《くもいのかり》でした。

ある時、雲居雁の父親がこんなことを言うのです。

○うたた寝はいけないと申し上げているのに、どうしてこんなにも不用心な恰好《かっこう》で寝ていらっしゃるのですか。
（うたた寝《ね》は諌《いさ》めきこゆるものを、などか、いとものはかなきさまにては大殿籠《おほとのごも》りける。）

（『源氏物語』「常夏《とこなつ》」）

父は、なぜこんなことを言ったのでしょう。それは娘の雲居雁《くもいのかり》の昼寝姿を見たからなのです。雲居雁はいったいどんな恰好《かっこう》で……。

○その時、お姫様は昼寝をしていました。薄い夏用の下着（単《ひとえ》）を着て横になっています。その姿は、暑くるしくなく、とてもかわいらしい小柄《こがら》な姿なのです。そのうえ、透《す》けて見える肌がすごくかわいらしく、きれいな手つきで扇《おうぎ》を持ったまま、ひじを枕にして……。

（姫君《ひめぎみ》は昼寝《ひるね》したまへるほどなり。羅《うすもの》の単《ひとへ》を着《き》たまひて臥《ふ》したまへるさま、暑《あつ》かはしくは見《み》えず、いとらうたげにささやかなり。透《す》きたまへる肌《はだ》つきなど、いとうつくしげなる手《て》つきして、扇《あふぎ》を持《も》たまへりけるながら、腕《かひな》を枕《まくら》にて……。）

（『源氏物語』「常夏《とこなつ》」）

どうでしょうか。この姿は。彼女は、ウトウトと昼寝をしていました。かわいらしくあどけない様子ですね。そして、着ているものはなんと**下着だけ**。それも夏の薄いものだから、**透けて**見えているんですね。扇を持ったままひじを枕に下着で寝ているなんて、しどけない恰好ですよね（下着の単については八二三番歌参照）。誰かが見ているといると大変。特に男性がちらっと見て恋におちたら危険です。だから父親は叱ったのでした。

ところで、この父親は「うただ寝はいけないと申し上げているのに」と言っています。うたた寝は夜眠れないほど恋に落ちている証拠。ここでは雲居雁《くもいのかり》が幼なじみの**夕霧《ゆうぎり》のことを思っている、**という状況が隠されているのですね。

そう、この場面にも拾遺集歌と**同じような意味**がひっそりと含まれているのでした。

年月の行くらん方も思ほえず秋のはつかに人の見ゆれば

（九〇六、伊勢）

年月は動いていく、というけれど、あなたがどこに行こうとしているのか、その行く先はわからないのです。あなたが秋の果てに、ほんの少し姿を見せただけなので。

✲この歌のポイントは「秋のはつかに」というところ。ここには「**秋が果つ**」（秋が果てる）と「**はつか**」（わずかに）が掛けられていますね。

また、それだけではないのです。そこには「**飽き果つ**」が響いているのですね。秋が果てるころ、わずかに姿を見せたあの人は、私のことをすっかり飽きてしまったのでしょうか、といった大意になります。

今、大意と言いましたけれど、なんと「秋はつ」のなかにこれだけたくさんのことが込められているのです。大変な技巧ですよね。さすが伊勢です（伊勢については一〇五番歌参照）。

飽きられてしまうおののきが、季節とともに伝わってくるような歌ですね。

嘆《なげ》きつつひとりぬる夜《よ》のあくる間《ま》はいかに久《ひさ》しきものとかは知《し》る

（九一二、道綱母《みちつなのはは》）

嘆《なげ》きながらたった独《ひと》りで寝《ね》ている夜《よる》。その夜《よる》が明《あ》けるまでの時間《じかん》がどんなに長《なが》くどんなにつらいものだか、あなたにはおわかりにならないでしょうね。戸《と》を開《あ》けるのも待《ま》ちきれないでいるあなたには。

✿道綱母は二度出てきましたね（一〇二番、五三〇番）。そう、和歌の上手な人、ということでした。そして『蜻蛉日記《かげろうにっき》』の作者でした。この和歌もまた『蜻蛉日記』に入っているのです。

ただ、ここに挙《あ》げた『拾遺和歌集』の詞書《ことばがき》とは少し事情が違います。それでは、せっかくなので、二つを並べてみましょうね。

○兼家《かねいえ》（入道摂政《にゅうどうせっしょう》）がやって来た時に、なかなか戸を開けないでいると、「立ち疲れた」と兼家がことばを掛けて寄こしたので（＋和歌）

（入道摂政《にふだうせつしやう》まかりたりけるに、門《かど》を遅《おそ》く開《あ》けければ、「立《た》ちわづらひぬ」と言《い》ひ入《い》れて侍《はべ》りければ）（＋和歌）……『拾遺和歌集』

○暁方《あかつきがた》近くにあの人が門を叩く音が聞こえる時があります。「あの人らしいわ」と思うのですが、やりきれない気持ちなので門を開けさせないでいると、あの人はそのまま例の女の所に行ってしまいました。あくる朝、「このまま黙ってすますことは、断じてできない」と思い（＋和歌）（暁方《あかつきがた》に、門《かど》を叩《たた》く時《とき》あり。「さなめり」と思《おも》ふに、憂《う》くて開《あ》けさせねば、例《れい》の家《いへ》とおぼしき所《ところ》にものしたり。つとめて、「なほもあらじ」と思《おも》ひて）（＋和歌）……『蜻蛉日記』

というわけでした。いかがでしょうか。多少違いますね。『拾遺和歌集』の方は兼家がことばを寄こしています。それに対して『蜻蛉日記』は**黙って例の女の所に行った、**と書いてあります。それで、道綱母は、翌朝、歌を贈ったのです。

……といった違いはあるものの、道綱母の歌には怒りと悲しみが込められていることはおわかりになりますよね。

それで、この歌のポイントはどこにあるでしょう。それは二つあります。

一つ目は、**「あく」に「（夜が）明く」と「（戸が）開く」が掛けてあるところ**。たった独りの夜が明ける自分の状態と戸を開けるまで待ちきれない兼家。この二つが上手に結び付けられていますね。

また、もう一つのポイントは歌の最後が**反語**《はんご》になっているところ。反語というのは「〜だろうか、いや〜でない」という意味です。そして言いたいのは「いや〜でない」という部分なのです。そう、わざと疑問形を置いて強めているのですね。

だからここでは、「いやあなたにはおわかりにならないでしょう」ということを言いたいわけです。たった独りで寝ている夜のさびしさが、強い反語で訴えかけられているのですね。

うつろい菊の文付枝

ただ、ここには怒りだけではなく、「私の気持ちをわかって欲しい」というはかない願いも込められています。

それでは、『蜻蛉日記』のこの場面をお話ししましょう。

兼家は町《まち》の小路女《こうじのおんな》という女性

に夢中になっています。だから、最初にお話しした『蜻蛉日記』のなかで「あの人はそのまま例の女の所に」とある「例の女の所」がこの町の小路女のことなのです。

兼家がこの女の所に行ってしまった、と悟った翌朝に、道綱母はこの歌を贈ったのでした。そしてこの歌はどういう状態で贈られていたのでしょう。

それは「いつもよりきちんと気を配って書き、うつろい菊に手紙を付けました（例《れい》よりはひきつくろひて書《か》きて、移《うつ》ろひたる菊《きく》に挿《さ》したり）」と書いてあります。

ここでは、彼女がこの手紙を怒りとともに**きちんと**書いたことがわかります。それから次にうつろい菊が出てきました。

ということで、ここからうつろい菊について語りますね。このうつろい菊は、秋から冬に変わる一瞬、**菊がきれいに変色する**、そのことを指しているのです。

菊は紫色系に変わり、美しさが再度花開くのです。だから、ここは通説のように「よれよれになった菊」ではありません。

このうつろい菊は、『紫式部日記《むらさきしきぶにっき》』をはじめとして、様々な作品に登場します。また、**紙の襲《かさね》**（色を重ねること）の名前になったり（『薄様色目《うすよういろめ》』）、また**装束の色**としても定着していきます（『栄花物語』「くものふるまひ」）。

そう、もうおわかりですね。このうつろい菊は、「**私はまだきれい、再度きれい**」

といった訴えかけになっているのでした。

この歌は『蜻蛉日記』のなかで、様々な道具立てに囲まれて光っていたのでした。

そして、この歌は『**百人一首**』にも採《と》られた名歌だったのです。

夢《ゆめ》にさへ人《ひと》のつれなく見《み》えつれば寝《ね》ても覚《さ》めても物《もの》をこそ思《おも》へ
（九一九、よみ人《びと》しらず）

夢《ゆめ》のなかでまで、あの人《ひと》が冷《つめ》たく見《み》えるのです。だから寝《ね》ていても目《め》が覚《さ》めていても、ひたすら恋《こい》の物思《ものおも》いを続《つづ》けているのです。

✿どうでしょう。だんだんと恋の破局に向かっていくような歌となっていますね。本当だったら、夢のなかで逢えるはず、そして夢のなかでは結ばれるはず……。それなのに、あの人は夢のなかでも冷たいのです。もちろん現実の世界でも……。だから苦悩のなかで、恋の思いを続けているのですね。
夢も現実も冷たいあの人。無情にも恋の破局が織り成されている歌となっています。だんだんと恋の終わりが近づいてきました。

【恋五】

いづ方《かた》に行《ゆ》き隠《かく》れなん世《よ》の中《なか》に身《み》のあればこそ人《ひと》もつらけれ

（九三〇、よみ人《びと》しらず）

いったいどこに隠《かく》れましょうか。世《よ》の中《なか》に私《わたし》が、私自身《わたしじしん》が身《み》を置《お》いているので、あの人《ひと》も冷《つめ》たい態度《たいど》になるのです。

✻ここから「恋五」に入ります。恋もとうとう終わりの段階にきてしまいました。この歌は、恋人の冷たい様子に絶望的になっています。「隠れ」というのは、自分の身を隠すこと。そう。死や出家を指しているのです。

自分がこの世に生きているからこそ冷たくされる、というのは苦しさの究極《きゆうきよく》。ところで、この歌は有名な歌だったらしく（『古今和歌六帖《こきんわかろくじよう》』にも有り）、引歌《ひきうた》に使われています。

引歌というのはわかりますか。歌の一部を自分の文章などに取り入れること。そうすると引かれた歌のイメージが、**文章のなかにほんのりと**浮かび上がるのですね。

たとえば、この歌は**『和泉式部《いずみしきぶ》日記《にっき》』**のなかに引歌となって出てくるのですよ。

○（…）世間の人もあれこれ噂をしているようですけれど、それも「身のあればこそ人もつらけれ」と思って過ごしているのです。

（（…）世《よ》の人《ひと》はさまざまに言《い》ふめれど、「身《み》のあればこそ」と思《おも》ひて過《す》ぐす。）

和泉式部は**身分違いの敦道親王《あつみちしんのう》**と恋に落ちていました（和泉式部の詳細は一三四二番歌参照）。

ただ、和泉にはたくさんの悪い噂がまとわり付いていたのです。恋多き女性として評判だったのですね。

ここのポイントは、この噂ではなく「人もつらけれ」ですね。もちろん人は敦道親王を指しています。

「自分が生きているから、敦道親王《あつみちしんのう》も冷たいのだわ」といった大意でしょうか。だから自分を消せば、そうすれば冷たくされない、という意味が含まれているのですね。

そう、これが引歌のイメージ。和泉式部の**切迫した感情**が『拾遺和歌集』の「身のあればこそ」というフレーズに込められています。

敦道親王の態度に一喜《いっき》一憂《いちゆう》して、**常におののいている**和泉式部の心情が浮き彫りにされている引歌ですね。

つらしとは思《おも》ふものから恋《こひ》しきは我《われ》にかなはぬ心《こころ》なりけり
（九四六、よみ人《びと》しらず）

相手《あいて》が冷《つめ》たくしていると思《おも》いながらも、やはり恋《こい》しい心《こころ》が抑《おさ》えられないのです。そう、私《わたし》のものなのに、自分《じぶん》の思《おも》う通《とお》りにならないのは、自分《じぶん》の心《こころ》だったのです。

この歌は、心が自分の思う通りにならない、と嘆くところがポイント。相手が冷たいので、もう、忘れようと思いながら、心がいうことを聞いてくれません。心は、あの人のことを思い続けているのです。

自分と心を分けているところに、**心の不条理さ**が浮かび出てくる歌。そんなところで、心と身が分裂してしまうことを詠んだ歌としては、**紫式部**の次の歌が有名。

○ものの数にも入らない心。だから、その心に身を任せるわけではないけれど、でもしょせん、こんな身の上に従って流されてしまうのは、心だったのです。

（数《かず》ならぬ心《こころ》に身《み》をばまかせねど身《み》にしたがふは心《こころ》なりけり）

（『紫式部集《むらさきしきぶしゅう》』）

この歌には詞書が付いています。それによると「自分の身が思うようにならないと嘆くことが、だんだんと当たり前になってひたすら嘆いている様子を思って詠んだ歌（身《み》を思《おも》はずなりと嘆《なげ》くことの、やうやうなのめに、ひたぶるのさまなるを思《おも》ひける）」とあります。

何か紫式部が苦悩してますね。心が自分の思うようにならず身の上に負けてしまう、という歌なのですね。要するに、心が現実にひきずられてしまうわけです。

両方とも、心と身を分けて考える、そのような詠《うた》い方。でも、意味からすると拾遺集歌の方がわかりやすいでしょうか。心が自分の思う通りにならない、ということですよね。相手から冷たくされて、忘れようとします。でも、忘れられない心の動き。もう恋も終わり。

あはれとも言《い》ふべき人《ひと》は思《おも》ほえで身《み》のいたづらになりぬべきかな
（九五〇、一条摂政《いちじょうせっしょう》）

かわいそうに、と言《い》ってくれるはずの人《ひと》は思《おも》い浮《う》かびません。そして私《わたし》はたった独《ひと》りで死《し》んでしまうに違《ちが》いないのです。

✻詞書によりますと、「恋人同士だった女性が、後になって冷たくなり、全く逢ってくれなくなりましたので（物言《ものい》ひ侍《はべ》りける女《をんな》の、後《のち》につれなく侍《はべ》りて、さらに逢《あ》はず侍《はべ》りければ）」とあります。

忘れられたのですから、「かわいそうに」などと相手は言うはずはないのです。そしてたった独りで死んでいく孤独の嘆きへと歌は続くのですね。

歌の詠者《えいじゃ》・一条摂政《いちじょうせっしょう》は**伊尹**《これまさ》のこと。伊尹は六五七番歌の詠者でしたね。

それはそうと、この歌は、あまり評判がよくありません。女性の同情を引こうとしている歌だと説明される場合が多いのです。

それには、さきに六五七番コラムの「政治家と家集の関係とは？」に述べたような伊尹《これまさ》の家集が関係しているようですよ。伊尹の家集の前半部は、女性たちとの歌のやりとりが物語的に書かれているのです。だから、遊び人というイメージがあるのですね。

ただし、恋歌のなかで「命」をかけた歌は珍しくありません。恋五のなかでも「我身を消したい」と出てきました（九三〇番歌）。

だから、この歌も恋の終わりの歌となっているのです。それに、連絡不通になった女性にこのような悲しい訴えかけの歌を贈っても不自然ではありませんよね。

たぶん、この歌の評判がよくないのは、『一条摂政御集《いちじょうせっしょうぎょしゅう》』の冒頭に出てくるからでしょうか。でも、よく考えてみて下さい。『一条摂政御集』は、**豊蔭《とよかげ》という架空《かくう》の人物**に託《たく》して語られているのですよ。

さきほども言いましたように、この家集の前半部は物語の形。ということは、つまりフィクションであるわけです。

だから、この家集から伊尹《これまさ》の人物像を想像するのは、おかしいことではないでしょうか。少なくとも、この家集は「**事実**」**として書かれてはいない**と思われます。

伊尹《これまさ》については六五七番歌に出てきましたね。そう。藤原兼家《ふじわらのかねいえ》の兄でした。

また、この歌は『**百人一首**』に採《と》られていて有名です。

逢《あ》ふことのなげきのもとを尋《たづ》ぬればひとりねよりぞ生《お》ひはじめける

（九五二、藤原有時《ふじわらのありとき》）

逢《あ》うことがないなげき、その木《き》のもとを訪《たず》ねると「ひとりね」という根《ね》から「なげき」が生《は》え始《はじ》めていたのです。

✿この歌には、掛詞が二つありますね。「**なげき**」（**嘆き、投げ木**）と「**ひとりね**」（**寝、根**）でした。それでは「嘆き」はわかりますが、「投げ木」というのはいったい何でしょう。

「投げる木」といってもわかりにくいですね。投げ木というのは、薪《たきぎ》として火に投げ入れるものでした。ここで有名な絵をちょっとご紹介しましょう。

それは**紫式部の夫・藤原宣孝《ふじわらののぶたか》の手紙**です。ここには絵だけが描かれていました。その絵には海人《あま》が塩焼く海岸シーンに投げ木が描いてあったのです。

海人《あま》、塩焼く、投げ木。これらは海岸で塩を作る風景ですね。海の水を焼いて塩を作ります。つまり、海水をかけた木を焼いて、塩をとるのです。ここではその木を投げ木とよんでいます。そしてこの木が積んであるのでした。

当然、この投げ木には「あなたを思っている私の（嘆き）」という意味が込められているのですね。

そこで、紫式部はこの絵の投げ木の横に歌をつけたのです。

○「あちらこちらの海で塩焼く海人が投げ木を積むように、あちらこちらに自分から言い寄るあなたは、好きで嘆きを積んでいるのでしょうか」

（「よもの海《うみ》に塩焼《しほや》く海人《あま》の心《こころ》から焼《や》くとはかかるなげきをや積《つ》む」）

（『紫式部集《むらさきしきぶしゅう》』）


どうでしょうか。うまい言い返しですよね。

「あなたの嘆きは私を思っての嘆きではないわ。あちらこちらの女性に言い寄っているから、好きで嘆きを積んでいるだけなのよ」といった歌の返し。

ということで**宣孝《のぶたか》の絵に対しての返歌として、嘆きが対応して使われているの**でした。

さて、『拾遺和歌集』の歌にもどりますと、この歌の「根」と「投げ木」。これが木のシリーズ。それから「一人寝」と「嘆き」が恋のシリーズ。この二つが掛け合わされていますね。そして、根と木が持っているうす暗い雰囲気が一人寝のつらさをひっそりと包んでいるのでした。

【雑春《ぞうのはる》】

春立《はるた》つと思《おも》ふ心《こころ》はうれしくて今一年《いまひととせ》の老《お》いぞ添《そ》ひける

（一〇〇〇、凡河内躬恒《おおしこうちのみつね》）

立春《りっしゅん》になったと思《おも》う気持《きも》ちはうれしいけれど、そこには一年《いちねん》の老《お》いが加《くわ》わっていたのです。

✿ここから部立《ぶだて》は「雑春《ぞうのはる》」に入ります。部立《ぶだて》としては、『古今和歌集』、『後撰和歌集《ごせんわかしゅう》』**にない部立です**。

ではこの「雑春」とは何でしょう。これは通常の「春」に入りきれない歌を集めている部立《ぶだて》なのです。

この歌も立春《りっしゅん》を詠んではいますけれど、**その嬉《うれ》しさと裏腹な気持ち**を詠んでいます。

そして、「一つ歳を取った」という老いを嚙《か》みしめているような歌となっていますね。

純粋な春の部立《ぶだて》では、新しい季節がやって来る嬉しさを詠んでいました（一番歌参照)。ところが、この歌は、春のめでたさからは、はずれていますよね。だから雑春に入っているのです。

雑春の部立は、このように**春に入りきれない人々の思いをくるんでいた**のです。そう、雑春の特徴は**人間性**。春だけではなく、そこには人間らしい感情が込められているのでした。

たとえば、以下に続く二首も同様に、さんざめく春の喜びから離れて、**自分をみつめているような歌**になっているのでした。

○新しい年は来ますが、むなしく我身だけがますます古くなるのです。
(あたらしき年《とし》はくれどもいたづらに我身《わがみ》のみこそふりまさりけれ)
(一〇〇一、よみ人《びと》しらず)

○新しい年になったけれども、鶯《うぐいす》の鳴く音までは変わらなかったのです。
(あたらしき年《とし》にはあれども鶯《うぐひす》の鳴《な》く音《ね》さへには変《かは》らざりけり)
(一〇〇二、よみ人《びと》しらず)

いかがでしょうか。「来ますが」、「なったけれども」といった具合に、新しい年が

逆接で続いていますね。

そして我身が古くなり、鶯の鳴く声は去年と変わらない、と詠うのです。ここには、春の祝意《しゅくい》はないですよね。

年齢が追加されてしまうという悲しい状態、そして、新しい年なのに鶯の声は変わらない、というやはりマイナスの主意が歌を支えているのです。

このように春の歌なのだけれど、**純粋な春の歌とは少しずれている歌、人間らしい心が込められている歌**が「雑春」に入っているのでした。

なお、「雑春」の部立《ぶだて》には「雑夏《ぞうのなつ》」の歌も含まれます。

飽《あ》かざりし君《きみ》がにほひの恋《こひ》しさに梅《むめ》の花《はな》をぞ今朝《けさ》は折《を》りつる

（一〇〇五、中務卿《なかつかさきょう》　具平親王《ともひらしんのう》）

〓飽《あ》きることのないあなたの薫《かお》り。それが恋《こい》しいばかりに、梅《うめ》の花《はな》を今朝《けさ》は折《お》り取《と》ったのです。〓

✿この歌には詞書《ことばがき》が付いています。それによると正月に人々が集まって、その次の日の朝に具平親王《ともひらしんのう》が藤原公任《ふじわらのきんとう》に贈ったもの、と書いてあります。

春というよりは、人々のさんざめく集いの楽しさが前面に出ている歌ですよね。「雑春」は、前にも言いましたが（一〇〇〇番歌）、人間らしい歌が多いのです。

さて、この歌にもどりますと、梅の花の薫り＝あなたの薫りとなっています。

それではあなたの薫りというのは何でしょうか。そうですね。当時は着ている衣に薫りを焚《た》きしめたのです。

今の香水にあたりますが、肌に直接つけないで薫りを着る物に付けたのでした。

それでは、この梅のお香は何という名前でしょうか。それは「梅花《ばいか》」だと思われます。

お香の作り方としては、練り香を壺《つぼ》に入れて、土のなかに埋めて熟成《じゅくせい》させるのです。そして、衣につけるのを、**薫衣香**《くのえこう》といいました。そして、その壺から取り出した練り香をどうするか。ここからが大変なことになります。

お香を焚くために**薫炉**《くんろ》（香炉《こうろ》とも）に入れました。そしてまたこれを**火取母**《ひとりも》に入れます。火取母に**火取籠**《ひとりかご》をかぶせます。ずいぶん厳重ですね。幾重《いくえ》にもお香が守られている感じ。そして、一番上には**伏籠**《ふせご》という籠《かご》のようなものを置きます。その上に衣をかぶせるのですね。

というわけで話が薫りの細かいところに行きました。つまり、ここは春の薫りなので「あなたの薫《かお》り（梅花）」＝梅の花の薫り、というわけです。何やら恋歌のようですが、男子同士でも、友情をこのように恋歌仕立てにすることもあったのですね。

なお、この歌は『**為頼集**《ためよりしゅう》』にも入っています（為頼については一七八番歌参照）。そこではこの歌が公任《きんとう》から具平親王《ともひらしんのう》に贈った歌となっています。

いずれにせよ、正月の人々の集いがこの歌を生み出したのですね。そういった意味で、この歌も季節だけではなく、**人間的な歌**といえるでしょう。

こち吹《ふ》かばにほひおこせよ梅《むめ》の花《はな》あるじなしとて春《はる》を忘《わす》るな
（一〇〇六、贈太政大臣《ぞうだいじょうだいじん》）

春《はる》の東風《こち》（東《ひがし》の方《ほう》から吹《ふ》く風《かぜ》）が吹《ふ》いたなら、その風《かぜ》に託《たく》して、西《にし》の方《ほう》に送《おく》って欲《ほ》しいのです、梅《うめ》の花《はな》よ。そして、自分《じぶん》が都《みやこ》からいなくなっても春《はる》を忘《わす》れずに、また咲《さ》いて欲《ほ》しいのです。

✿有名な歌ですね。詠者は**菅原道真**《すがわらのみちざね》。贈太上大臣《ぞうだいじょうだいじん》という詠者名《えいじゃめい》は、九九三年に太政大臣が贈られたことによります。

菅原道真は、藤原時平《ふじわらのときひら》たちの策略により、大宰府《だざいふ》に流されました。道真が流されてから、数々の異変がおこり、道真の怨霊《おんりょう》のしわざと噂されたのです。

道真を祭神とする**北野天満宮**ができ、一〇〇四年（寛弘《かんこう》元年）には**一条天皇の行幸**《みゆき》も行われています（『日本紀略《にほんきりやく》』十月二十一日条）。この行幸は、ちょうど『拾遺和歌集』が選ばれているころでしょうか。

また道真は**著名な漢詩人**でもあったのです。『**菅家文草**《かんけぶんそう》』、『**菅家後集**《かんけこうしゅう》』を残しました。

さて、それではこの歌にもどりましょう。この歌は、家の梅に語りかける様子が悲しみとともに歌われていますね。

東風《こち》は東から吹く風。その風に託《たく》せばこの梅の薫りは、西の方の大宰府に到着するのです。自分が都からいなくなっても、また咲いて欲しい、という願いのなかに、流される悲哀が浮かび上がっています。流謫《るたく》の侘《わび》しさ・悔しさが吹き迷っているような歌なのですね。

なお、**『更級日記』作者の菅原孝標女《すがわらのたかすえのむすめ》は、この歌の詠者《えいじゃ》・菅原道真《すがわらのみちざね》の六代目**にあたります。

思事言《おもふこと》はでやみなん春霞山路《はるがすみやまぢ》も近《ちか》し立《た》ちもこそ聞《き》け
（一〇一九、よみ人《びと》しらず）

あなたへの思《おも》いを言《い》わずにやめておきます。ここは山路《やまじ》も近《ちか》いので、春《はる》霞《がすみ》が立《た》って、そして春霞《はるがすみ》が立《た》ち聞《ぎ》きするかも知《し》れないので……。

✲この歌には詞書《ことばがき》が付いているのですよ。それによれば「山里にひっそりと女性を連れてきて、ある男性が詠んだ（歌）（山里《やまざと》にしのびて女《をんな》をゐてまうで来《き》て、ある男《をとこ》の詠《よ》み侍《はべ》りける）」とあります。

この男女は当然**恋人同士**。単なる知り合いではありません。そうです。都では人目があるので、男性は、山里に女性を連れてきたのでした。

では、山里というのは、いったいどのようなイメージだと思われますか。それは**女性がひっそりと隠し置かれる場所**なのです。そう、二人の恋は、都のまんなかで堂々と語れる恋ではありません。

それでは、山里ということばは、どんなふうに使われていたのでしょうか。

たとえば、少し後になりますが、**『更級日記』**のなかで孝標女《たかすえのむすめ》の夢として描かれる山里は、次のような雰囲気を持っていました。

○「(…)まるで浮舟の女君のように、山里にひっそりと隠し置かれて、花、紅葉、月、雪をながめながら、しんみりと心細く毎日を暮らし、時々届けられるすばらしいお手紙などを待ち受けて読んだりして……」と、こんなことばかりを思い続けて、それが、将来の夢だと本気で思い込んでいたのです。

(「(…)浮舟《うきふね》の女君《をんなぎみ》のやうに山里《やまざと》に隠《かく》し据《す》ゑられて、花《はな》、紅葉《もみぢ》、月《つき》、雪《ゆき》をながめて、いと心《こころ》ぼそげにて、めでたからむ御文《おほんふみ》などを時々《ときどき》待ち見《み》などこそせめ」とばかり思《おも》ひ続《つづ》け、あらましごとにもおぼえけり。)

(『更級日記《さらしなにっき》』)

孝標女は**『源氏物語』の大ファン**。そこで彼女が憧《あこが》れたのは、**夕顔《ゆうがお》や浮舟《うきふね》**でした。ここに出てくるのは浮舟です。浮舟は『源氏物語』最後のヒロイン。最初は、薫《かおる》に見初められ宇治でひそかに暮らすこととなりました。でも、薫の友人匂宮《におうみや》とも関係を持ってしまいます。彼女は、二人の男性の間で苦しみ、ついに宇治川に身を投げようとするのです。

森のような所でみつけられるものの、その後、すべてを拒絶して、仏門に入ってしまうのでした。**船のように漂う浮舟。はかない浮舟**を孝標女は大好きでした。

そう、ここではこの浮舟が「**山里**にひっそりと隠し置かれて」いる様子が語られているのです。

このように山里は、都と違う、**秘密の恋のイメージ**が絡《から》み付いていたのでした。

さて、山里の話に逸《そ》れていきましたが、それでは、歌にもどりましょうか。

ここでは春霞が立つ、と春霞が立ち聞きする、の「**立つ**」**がポイント**。山路は山道。そこには春霞が立っていて、それで二人の話を立ち聞きするかもしれないのですね。

わざわざひっそりとした山里に連れてきたのに、忍ぶ恋が春霞によって、ばれてしまっては大変。だから「思い」を言わないでおくのです。

春霞を擬人化《ぎじんか》（人でないものを人に見立てること）して、おもしろく秘密の恋を伝えています。

誰《たれ》により松《まつ》をも引《ひ》かん鶯《うぐひす》のはつねかひなき今日《けふ》にもあるかな

（一〇二二、右衛門督公任《うえもんのかみきんとう》）

いったい誰《だれ》のために松《まつ》を引《ひ》きましょうか。鶯《うぐいす》の初音《はつね》もかいなく、そして初子《はつね》もかいがない今日《きょう》という日《ひ》に……。

✿この歌は詞書があります。

それによると、詮子《せんし》（東三条院《ひがしさんじょういん》）の四十九日、その間に子日《ねのひ》がやって来たので宮《みや》の君《きみ》という人に贈った、とあります。

この歌は詮子《せんし》が亡くなった一〇〇一年（長保三年《ちょうほう》）閏《うるう》十二月二十二日から、四十九日以内に詠まれたのでした。

四十九日というのはわかりますよね。

四十九日は、死者の霊魂が、この世にある期間。それを「中有《ちゅうう》」といいました。なぜ四十九日か。それは、七日ごとに七回転生《てんせい》（生まれ変わること）して、四十九日がたつとその行くべき所（極楽往生《ごくらくおうじょう》）が決定したと考えられていたからですね。

そう、**極楽浄土に行くことを極楽往生《ごくらくおうじょう》**といったのです。極楽浄土というのは平和な世界。

というわけで四十九日内なので、詮子《せんし》の魂はまだこの世にあったのです。そんな時期に、春の到来がわかる鶯の初音、それから初子《はつね》といったおめでたいことがあっても心弾むことはありません。

だからお正月のめでたい風物を使いながら、逆に**暗い悲しみ**を詠み込んでいるのです。

ところで、初子というのはなんでしょうか。これは二三番歌に出てきましたよね。お正月の初めての子日《ねのひ》に、小松を引いて長寿を祈る行事でした。

このように、この歌は、**おめでたい物たち**（鶯・初音）**を否定**することで、哀傷のイメージを打ち出しているのですね。

哀傷というのはわかりますか。そう、人の亡くなったことなどを悲しむ歌でした。だから、この歌、純粋な春の歌ではないのです。そのような理由で、この歌は、春の部立ではなく、雑春の部立に入っているのでした。

いつもだったら春の到来を示してくれるうれしい物たち。それを否定することで、詮子《せんし》がいなくなった悲哀が伝わってくる歌。

なお、**詮子《せんし》は藤原兼家《ふじわらのかねいえ》・藤原時姫《ふじわらのときひめ》の娘**です。そして、**円融天皇《えんゆうてんのう》の女御《にょうご》、一条天皇《いちじょうてんのう》の**

詮子、一条天皇出産の図

母親でもありました。

九九一年（正暦《しょうりゃく》二年）に出家して、東三条院《ひがしさんじょういん》となりました。国母《こくも》（天皇の母）として政治に強い発言権を持っていたようです。そして**弟の道長**をことのほか、可愛がりました。

谷《たに》の戸《と》を閉《と》ぢやはてつる鶯《うぐひす》の待《ま》つに音《おと》せで春《はる》も過《す》ぎぬる　（一〇六四、左大臣《さだいじん》）

谷《たに》の戸《と》はすっかり閉《と》じてしまったのでしょうか。鶯《うぐいす》を待《ま》っているのに、鳴《な》き声《ごえ》もしないで春《はる》が過《す》ぎてしまいました。

✿この歌は詞書《ことばがき》によると次の歌と贈答歌《ぞうとうか》（やりとりする歌）となっています。まず詞書に記された状況をお話ししましょうね。

藤原公任《ふじわらのきんとう》が何かで籠《こ》もってしまいました。そこで四月一日に心配した左大臣《さだいじん》（藤原《ふじわらの》道長《みちなが》）が歌を贈ったのでした。それがこの歌。

この歌の詠まれた時はわかっていて、一〇〇五年（寛弘《かんこう》二年）の四月一日。実は、前年の九月ごろ、公任は、後輩の藤原斉信《ふじわらのなりのぶ》に官位を超されてしまったのです。

そこで籠《こ》もってしまい、仕事に出てこなくなりました。そう、宮中《きゅうちゅう》に行かなくなったのですね。

それを心配した道長《みちなが》が、公任《きんとう》に出てくるよう歌で促《うなが》しました。鶯はもちろん公任を指しています。

さてさて、この道長の歌に対する公任の歌は……。

行《ゆ》きかへる春《はる》をも知《し》らず花咲《はなさ》かぬみ山隠《やまがく》れの鶯《うぐひす》の声《こゑ》

（一〇六五、公任朝臣《きんとうあそん》）

行《い》き来《き》する春《はる》なんて知《し》りません。花《はな》が咲《さ》かない深山《みやま》に隠《かく》れている鶯《うぐいす》の声《こえ》、私《わたし》の声《こえ》なんて聞《き》こえるはずはないのです。

✿どうでしょうか。これが公任の歌。花咲かぬ身の「身」と「深山隠れ」の「深」が掛けられていますね。花が咲かない身で山に隠れている鶯。だから、外に向かって、鳴きたくないのです。

要するに、私はまだ**がっくりして外に行けないのです**、といった主意の歌です。前の歌では、道長が一生懸命、出仕を促《うなが》していました。でも、まだまだ公任は立ち直っていない様子でした。

ところで、このように官位昇進《かんいしょうしん》がうまくいかない状態を**沈淪《ちんりん》**といいました。この贈答歌はまさしく公任の沈淪が中心となって歌われています。出仕をすすめるやさしい道長。それに対してつらい思いを歌にする公任。

職場というのはいつの時代もつらいものです。平安時代だってゆるい職場ではありませんでした。宮中では当然、それなりの競争もあったのです。

そのようななかで、このようなやさしい心のやりとりも詠われていたのですね。

なおこの贈答歌は『公任集《きんとうしゅう》』、『御堂関白集《みどうかんぱくしゅう》』（道長の家集）にも載《の》っています。

【雑秋《ぞうのあき》】

秋風《あきかぜ》よたなばたつめに事問《ことと》はんいかなる世《よ》にか逢《あ》はんとすらん
（一〇九二、藤原義孝《ふじわらのよしたか》）

秋風《あきかぜ》よ、たなばたつめに聞《き》いてみましょう。飽《あ》きられた私《わたし》は、いったい、いつになったらあの人《ひと》に逢《あ》うことができるのでしょう。

✿ここから「雑秋《ぞうのあき》」に入ります。これもまた「雑春《ぞうのはる》」の部立《ぶだて》と同じように、秋の部立から少し外《はず》れた歌が入っています。やはり、季節だけではなく、**人間の感情がクローズアップ**されているのですね。

なお、「雑秋」は「雑冬《ぞうのふゆ》」も含みます。

さて、この歌の詞書《ことばがき》には、七月七日に詠んだ歌、とあります。七月七日はわかりますよね。そう、七夕です。七月七日に牽牛《けんぎゅう》と織女《しょくじょ》の二星が年に一度だけ逢うという星祭りです。

ということで、七夕はもともと男女が逢うという**ロマンチックな日**です。

それなのに、この歌はどうでしょう。飽きられてしまって、逢えない嘆きを詠んでいますね。「秋風」に「飽き風」が掛けられています。七夕のロマンのなかから外れた、**つらい恋の嘆き**が聞こえてくるような歌。

この歌、七夕の本来持つ熱い恋のイメージからは、離れています。だから、「雑秋《ぞうのあき》」に入っているのですね。

ところで、この歌の詠者は**藤原義孝《ふじわらのよしたか》**といいます。

この人は若くして亡くなりました。それも、なんと兄の藤原挙賢《ふじわらのたかかた》と同じ日に亡くなったのです。**兄の挙賢《たかかた》は朝、そして弟の義孝《よしたか》は夕方に亡くなりました。**挙賢は二二歳、義孝は二一歳。

それは九七四年（天延《てんえん》二年）の九月十六日のことだったのです。亡くなった原因は「**天然痘《てんねんとう》**（**疱瘡《もがさ》**）」。恐いですね。このお話は、『蜻蛉日記《かげろうにっき》』や『大鏡《おおかがみ》』にも書かれているのですよ。

なお、**義孝《よしたか》の父親は行成《ゆきなり》**。能筆家《のうひつか》（字が上手な人）で『権記《ごんき》』という漢文日記《かんぶんにっき》を書きました（六四番コラム「漢文日記とは？」参照）。行成は三四〇番歌の説明にちらっと出てきましたね。

行《ゆ》く水《みづ》の岸《きし》ににほへる女郎花《をみなへし》しのびに波《なみ》や思《おも》ひかくらん

（一〇九七、源　重之《みなもとのしげゆき》）

〝**流《なが》れていく水《みず》の岸《きし》に華麗《かれい》に咲《さ》いている女郎花《おみなえし》。その女郎花《おみなえし》にひっそりと波《なみ》が思《おも》いをかけているのでしょうか。**〟

✿この歌は**藤原頼忠《ふじわらのよりただ》の家で歌合**（『**頼忠前栽歌合《よりただせんざいうたあわせ》**』）**があった時の歌**で「岸のほとりの花」という題でした。『頼忠前栽歌合《よりただせんざいうたあわせ》』は前にも出てきましたね（一七八番歌参照）。女郎花《おみなえし》は若くて美しい女性のたとえ。だからここでは、波が思いを寄せる、ということで、波が男性をあらわしているのです。

さわやかな岸辺の波の音、そして女郎花のすがすがしくも美しい姿。聴覚と視覚が重なり合って、**波と女郎花の恋を祝福**しているようです。

さて、女郎花の歌といえば、**藤原道長と紫式部**のやりとりですね。

道長はある朝、女郎花を一枝折って紫式部の部屋の几帳《きちょう》越しに差し出しました。几《き》帳《ちょう》というのはパーティションのことです。そこで道長は歌を紫式部に要求しました。

そして、紫式部は次のように詠んだのです。

○女郎花《おみなえし》の盛《さか》りの色《いろ》。それを見《み》たので、露《つゆ》が差《さ》別《べつ》して置《お》いてくれない我身《わがみ》をつくづくと悟《さと》ったのでした。

（女郎花《をみなへし》さかりの色《いろ》を見《み》るからに露《つゆ》のわきける身《み》こそ知《し》らるれ）

露は何を指すのかわかりますよね。これは**道長**です。そうです。道長が盛りの過ぎた自分を差別している、というわけですね。さて、これに対して道長はどのように答えたのでしょうか。

○白露は差別して置いているわけではないのです。女郎花が美しい色に染まっているのは自分の気持ちしだいなのですよ。

（白露《しらつゆ》はわきてもおかじ女郎花《をみなへし》こころからにや色《いろ》の染《そ》むらむ）

うまい返しですよね。女郎花がきれいなのは女郎花の心の持ち方、というのが主意。なにも露（私）は差別してませんよ、ということです。

この贈答歌、どうでしょう。式部の歌は、**道長から隔てられている、といった甘え**

が詠み込まれていますよね。それをやさしく包む道長の歌。
なんだか二人の歌はしっとりした雰囲気に包まれています。
実は、**紫式部と道長のこんなあやしい場面**が日記にたくさん出てきます。
それについては、八二二番歌のところでお話ししましたよね。

小倉山峰《をぐらやまみね》のもみぢ葉《ば》心《こころ》あらば今一度《いまひとたび》の行幸《みゆき》待《ま》たなん

（一一二八、小一条太政大臣《こいちじょうだいじょうだいじん》）

小倉山《おぐらやま》の峰《みね》の紅葉葉《もみじば》よ、あなたに心《こころ》があるならば、今一度《いまひとたび》の行幸《みゆき》をきれいなまま待《ま》って欲《ほ》しいのです。

✻この歌には詞書《ことばがき》があって、それによると**宇多上皇《うだじょうこう》**が大堰川《おおいがわ》に行幸《みゆき》（天皇・上皇の外出）をして、**醍醐天皇《だいごてんのう》**の行幸もあるべきだ、とおっしゃった時に「それを私が伝えましょう」と言って**忠平《ただひら》**が詠んだ歌、と書かれています。

小一条太政大臣《こいちじょうだいじょうだいじん》は藤原忠平《ふじわらのただひら》のこと。醍醐天皇《だいごてんのう》は宇多上皇《うだじょうこう》の息子です。

ということで、伝言者の忠平が紅葉にお願いしたのですね。美しいまま待って欲しいと……。宇多上皇の意向を汲《く》み取ったやさしい歌。ポイントは**紅葉を擬人化《ぎじんか》**（**人でないものを人に見立てること**）してよびかけているところです。小倉山の紅葉はきれいなことで有名でした。

藤原忠平《ふじわらのただひら》は政治家として活躍。宇多上皇《うだじょうこう》の信任があつく、また醍醐《だいご》・朱雀《すざく》天皇の政治を補佐しました。

彼は、藤原師輔《もろすけ》、藤原実頼《さねより》の父親、そして日記に『貞信公記《ていしんこうき》』があります。『後撰《ごせん》和歌集《わかしゅう》』以下の勅撰集に十二首入っています。

この歌も『百人一首』に採《と》られました。

いかでなほ網代《あじろ》の氷魚《ひを》にこと問《と》はむ何《なに》によりてか我《われ》を訪《と》はぬと

（一一三四、修理《しゆり》）

どうにかして網代《あじろ》の氷魚《ひお》に聞《き》いてみたいのです。どういうわけで私《わたし》を訪《たず》ねないのかと。

✿詞書《ことばがき》があって、それによると蔵人所《くろうどどころ》に勤めている人が、**氷魚《ひお》の使い**に出掛けたのですね。ところが、その後、都にいながら、何の連絡もなくなってしまいました。そこで修理《しゆり》が詠んだのがこの歌。

氷魚《ひお》の使いは男性。蔵人所はわかりますか。蔵人が勤務する役所のことです。蔵人は、おおまかに言うと、天皇のそば近く仕えて天皇関係の業務をこなしていた人。

さて、この人の役目である氷魚《ひお》の使いとは何でしょう。氷魚は**鮎《あゆ》の稚魚《ちぎよ》**。宇治川で多くとれます。そして朝廷にも献上されたのです。使いは氷魚を受け取る役目でした。

そして、また網代《あじろ》というのは**氷魚を取る仕掛け**です。川瀬に設ける柵《さく》のことです。

氷魚は九月から十二月まで。そう、この歌は部立にはなっていないけれど「雑冬《ぞうのふゆ》」の歌ですね。

それはともかく、この男性は氷魚《ひを》の使いを口実にして、都にいるのに、そのまま来なくなったのでした。だから修理《しゅり》はその理由を氷魚に聞きたいというわけです。このお話は『大和物語《やまとものがたり》』にも入っているのですよ。

またこの歌は引歌《ひきうた》としても使われていました。引歌は文章のなかに和歌の一部分を入れることでしたね（九三〇番歌参照）。

〇このようにして、あの人はいつも私を無視する、というわけでもなく時々姿を見せ、冬にもなってしまいました。私は毎日ただ幼い道綱を相手に「何とかして網代《あじろ》の氷魚《ひお》に聞きたいもの。どういうわけで、あの人は私を訪れてくれないのかしら」と心にもなく独り言が出てくるのです。

（かくて、常《つね》にしもえ否《いな》び果《は》てで、時々《ときどき》見えて、冬《ふゆ》にもなりぬ。臥《ふ》し起《お》きは、ただ幼《をさな》き人《ひと》をもてあそびて、「いかにして網代《あじろ》の氷魚《ひを》に言問《ことと》はむ」とぞ、心《こころ》にもあらでうち言《い》はるる。）

（『蜻蛉日記《かげろうにっき》』上巻）

この文でわかるように原文では拾遺歌の上句《かみのく》（五・七・五）を使っていますね。でも、言いたいことは下句の「どういうわけで、あの人は私を訪れてくれないのかしら（何《なに》によりてか我《われ》を訪《と》はぬと）」なのです。

歌の上句《かみのく》で下句《しものく》が**連想される**のですよね。

なかなか来ない兼家に対する心のなかのことば。何とそこにこの修理《しゅり》の歌が使われていたのでした。

上手な引歌ですね。

【雑賀《ぞうのが》】

君《きみ》が世《よ》に今幾度《いまいくたび》かかくしつつうれしき事《こと》にあはんとすらん

（一一七四、右衛門督公任《うえもんのかみきんとう》）

あなたの世《よ》に、これからいったい何度《なんど》、こんなうれしい事《こと》に会《あ》うことでしょう。めでたいことです。

✿ここから「雑賀《ぞうのが》」の部立《ぶだて》に入ります。「雑賀」はさまざまな種類のめでたい歌が集められています。「賀」の部立よりもめでたさの範囲が広いといえるでしょうか。また、恋の歌も含まれている**不思議な部立**です。

さて、この歌には詞書《ことばがき》があり、それによると**藤原詮子《ふじわらのせんし》**の賀《が》を**藤原道長《ふじわらのみちなが》**が開催した時に、上達部《かんだちめ》が歌を詠んだ、とあります。その時に**公任《きんとう》も詠んだ**わけですね。

それでは、一つずつお話ししていきましょうね。詮子《せんし》というのは藤原詮子《ふじわらのせんし》。**藤原兼《ふじわらのかね》家《いえ》の娘で道長の姉**でした。この人は一〇二二番歌に出てきましたね。

その時の歌は、賀の歌ではなく、哀しい四十九日の歌でした。そこでもやはり**公任**が歌を詠んでいましたね。お正月のイベントを使いながら、つらい思いを歌にしていました。

それとは逆に、ここでは賀のめでたい歌なのです。それでは何の賀か、というと**詮子四十の賀**。そう、四十歳の誕生パーティーでした。

主催者は弟の**藤原道長**。ここに出てくる上達部《かんだちめ》というのは、摂政《せっしょう》・関白《かんぱく》・太政大臣《だいじょうだいじん》・左大臣《さだいじん》・右大臣《うだいじん》・内大臣《ないだいじん》・大納言《だいなごん》・中納言《ちゅうなごん》、その他の三位《さんみ》以上の人々が入ります。そして、参議《さんぎ》は四位《しい》でも入ります。何だかすごいですね。

上達部《かんだちめ》というのは**政治を担《にな》っていた人たち**と思っていて下さいな。また、公卿《くぎょう》ともよばれたのでした。

そして公任はこのお祝い事がもっとずっと続くと良いな、と詠んだのです。四十の賀だけではなく、五十、六十、七十、八十、九十と続くことを祈って詠んだのです。まさに、その場にふさわしい歌となっていますね。

公任はこのように、**折りに合った歌を即興で詠むのがとても上手**。

この時代は、このように置かれた状況をすぐに悟って、みんなが「なるほど」と思う歌を即興で作るのが歌人の評価ポイントでした。

これを「**折りに合った歌**」といいました。

今だって、場を読める才能って必要ですよね。そしてふさわしいことばを発することも……。ここ一番というときにトンチンカンなことを言ってしまったら、いつもの努力も水の泡……。

【雑恋《ぞうのこい》】

いづれをかしるしと思《おも》はん三輪《みわ》の山《やま》ありとしあるはすぎにぞありける
（一二六六、貫之《つらゆき》）

いったいどれを印《しるし》と思《おも》ったらいいのでしょう。三輪《みわ》の山《やま》にあるものすべてが杉《すぎ》なのでした。

✲ここから「雑恋《ぞうのこい》」の部立《ぶだて》に入ります。「恋」の部立と違うところは、「雑恋」の歌は**詞書《ことばがき》が長い**、ということ。そう。歌を詠んだ事情が詳しく書いてあるのです。また様々な種類の恋に関連する歌が置かれているのも特徴。

それでは、この歌を見ていきましょう。

さて、三輪山《みわやま》は、**奈良県桜井市《さくらいし》**にある山でそこには**大神神社《おおみわじんじゃ》**があります。そして印《しるし》の杉が有名。ところが、この歌では、全部が杉なので何を印にしたら良いのかわからない、と言っています。

印の杉というのは、次の歌が下敷きになっているのですよ。それはどういう歌か、というと……。

○私の家は三輪《みわ》の山もとにあります。恋しいのなら、いらして下さいな。杉立てる門《かど》を目印に。（わが庵《いほ》は三輪《みわ》の山《やま》もと恋《こひ》しくはとぶらひ来《き》ませ杉立《すぎた》てる門《かど》）

（『古今和歌集』雑下《ぞうのげ》・よみ人《びと》しらず・九八二）

この歌は、「隠棲《いんせい》した人」が詠じていることになっていましたが、だんだんと三輪明神の歌として語られるようになったようです。

この歌は屏風歌《びょうぶうた》でした。それで、画題は「**四月、大神《おほみわ》の祭の使**」とあります（『貫之集』による）。だから、四月に行われた大神《おおみわ》神社のお祭りに都から派遣された祭使《さいし》の歌ということになっています。

そう、杉を印に目指して来たのに、山は全部杉だったよ、というユーモラスな歌なのですね。

【哀傷《あいしょう》】

世《よ》の中《なか》にあらましかばとおもふ人《ひと》なきがおほくもなりにけるかな

（一二九九、藤原為頼《ふじわらのためより》）

この世《よ》に生《い》きていて欲《ほ》しい、と思《おも》う人《ひと》。そういう人《ひと》ほどたくさん亡《な》くなってしまうのです。

✽ここからは「哀傷《あいしょう》」の部立《ぶだて》に入ります。哀傷は、わかりますよね。人が亡くなったことなどを**悲しみ嘆くこと**です。

この歌は、『為頼集《ためよりしゅう》』によれば、**藤原実頼《ふじわらのさねより》の忌日《きにち》**に詠まれたということです。忌日はわかりますか。そう。命日《めいにち》のことですね。

実頼が亡くなったのは九七〇年（天禄《てんろく》元年）五月十八日。そして、この歌は九九六年（長徳《ちょうとく》二年）五月十八日に詠まれたといわれています

歌の周辺の説明ばかりになってしまいました。それでは、この歌はどうでしょうか。

みんなが感じる、**人の死に対する慟哭《どうこく》**が激しく歌われていますね。

九九五年（長徳元年《ちょうとくがんねん》）あたりから疫病《えきびょう》が流行して、たくさんの人が亡くなったのです。そのなかに為頼の仲間たちもいたのでした。

そう。この世に生きていて欲しかった……と思う人ほど、旅立ってしまうものなのです。そのつらい思いは、晴れることも、尽きることもありません。

この為頼の歌は、だれもが思うそのような痛みを素直に詠《うた》ったものです。昔からみんな死別の悲しみに苦しんでいたのですね。

思《おも》ひ知《し》る人《ひと》もありける世中《よのなか》をいつをいつとて過《す》ぐすなるらん

（一三三五、右衛門督公任《うえもんのかみきんとう》）

世《よ》のはかなさを知《し》って出家《しゅっけ》する人《ひと》もいる世《よ》の中《なか》。それなのに私《わたし》は、いつをいつ、といって区切《くぎ》ることもなく、いったい、いつまでだらだらと過《す》ごしているのでしょうか。

✲この歌には詞書《ことばがき》があります。それによると、源《みなもとのなりのぶ》成信と藤原重家《ふじわらのしげいえ》が出家したころ、**行成《ゆきなり》**に贈った歌、というようなことが書かれてあります。**公任《きんとう》から行成《ゆきなり》に贈ったので**すね。

実は源《みなもとのなりのぶ》成信と藤原重家《ふじわらのしげいえ》がいきなり三井寺《みいでら》で出家してしまったのです。それは、一〇〇一年（長保三年《ちょうほう》）二月四日のことでした。

二人の出家の原因は不明。ただ、成信《なりのぶ》については道長の病気が重くなって、みんなの看病がだんだんと疎略《そりやく》になっていったのを見て、出家をしたいと思ったそうなのです。

それは**藤原行成《ふじわらゆきなり》の『権記《ごんき》』**に書いてあります。一〇〇一年（長保三年《ちょうほう》）二月四日の条。

その時、二人はまだ若く、成信《なりのぶ》は二十三歳、重家《しげいえ》は二十五歳でした。彼らの出家は人々に衝撃を与えました。そこで公任《きんとう》は**成信《なりのぶ》と親しかった行成《ゆきなり》**のもとに歌を贈ったのです。

「いつをいつとて」といった繰り返しが、自責の念を伝えていますね。自分は悟らないで、人生を区切ることもなく、うかうかと世の中を過ごしている……。

自分を責める気持ちのなかに、成信たちを思う心が苦渋とともに詠《うた》われているのです。

冥《くら》きより冥《くら》き道《みち》にぞ入《い》りぬべき遥《はる》かに照《て》らせ山《やま》の端《は》の月《つき》

（一三四二、雅致女式部《まさむねのむすめしきぶ》）

〓私《わたし》は煩悩《ぼんのう》の暗闇《くらやみ》からさらに深《ふか》い闇《やみ》へと迷《まよ》い込《こ》んでしまいそうです。どうか、山《やま》の端《は》の月《つき》よ、はるかに照《て》らして私《わたし》をお救《すく》い下《くだ》さいませ。〓

✿この歌は**性空上人**《しょうくうしょうにん》に贈った歌、と詞書にあります。性空上人は播磨《はりま》の書写山《しょしゃざん》に円教寺《えんきょうじ》を開創した人。名僧ですね。**道長**や**花山院**《かざんいん》と交流があったといわれています。

また作者名の雅致は大江雅致《おおえのまさむね》のこと。和泉式部の父親です。

それはともかく、この歌は和泉式部の代表歌。まず「冥《くら》きより冥《くら》き道にぞ入りぬべき」は『法華経《ほけきょう》』の「**化城喩品**《けじょうゆぼん》」（**法華経の第七章**）からとったものといわれています。そこには「冥《くら》きより冥《くら》きに入《い》りて永《なが》く仏《ほとけ》の御名《みな》を聞《き》かざりしなり」とあるのでした。

そのような『法華経』を使いながら、上句（五・七・五）では、トンネルのような闇、**出口のない煩悩の闇**にさまよっている和泉の苦しみが詠まれています。そして、そこからの救済を月に祈っているのです。この月は、真如《しんにょ》の月（仏法の真理）で、性《しょう》空上人《くうしょうにん》を指しています。

恋の闇を自覚しながらも、煩悩《ぼんのう》の闇からの救いを望んで、それにもかかわらず闇にもどってしまう、和泉の恋の実態をせつないまでにあらわしている歌。**暗く出口のない煩悩の底に落ちていく和泉式部の姿**が映し出されています。

そして、和泉式部の歌で勅撰集《ちょくせんしゅう》にはじめて入った歌がこの歌です。

そうですね。和泉式部については、まだ詳しくお話ししていなかったですね。

それでは、ここで和泉式部をちょこっとご紹介しておきましょう。彼女は平安時代の**天才歌人**。また、恋多き女性として知られているのですよ。

生年は九七八年（天元《てんげん》元年）あたりだといわれてます。父親はさっき出てきましたね。大江雅致《おおえのまさむね》。

その後、和泉式部は、九九五年（長徳《ちょうとく》元年）ごろ**橘 道貞**《たちばなのみちさだ》と結婚します。

そして、二人の間には女の子が生まれました（後の**小式部内侍**《こしきぶのないし》）。ところが、道貞には他の女性ができてしまったようなのです（諸説あり）。

さて、長々しく説明が続きましたが、ここからが和泉式部らしいお話となります。

橘道貞と別れたころ、和泉式部は**為尊親王**《ためたかしんのう》と出逢います。為尊は和泉式部の恋人となりました。

ところが、彼は、一〇〇二年（長保《ちょうほう》四年）に亡くなってしまうのです。二十六歳の若さでした。その後、彼女は、なんと為尊の弟・敦道親王《あつみちしんのう》と恋に落ちてしまうのでした。

このように恋多き女性だった和泉式部は、**紫式部から「感心できないところがある」（けしからぬかたこそあれ）**（『紫式部日記《むらさきしきぶにっき》』）**などと言われてしまう**のです。この「感心できないところ」というのは、そうです、和泉式部が恋多き女性、つまり道徳的ではない、という点でした。

でも、この恋愛がもとになって、素晴らしい和歌や作品が生まれたのですよ。彼女の書いた作品は『和泉式部日記《いずみしきぶにっき》』といいます。

これは**敦道親王との十か月**を書いたうるわしい恋のお話です。二人のたゆたうような恋が手紙や和歌とともに書かれているのがポイント。

最終的には和泉式部が敦道親王の家に入ってしまいます。そして北の方が出て行くところで、日記は終わっています。

ところが、和泉式部がお邸《やしき》に入ってから四年後に、最愛の敦道親王《あつみちしんのう》が**亡くなってしまう**のです。これは大打撃ですね。彼女が詠じた「帥宮挽歌群《そちのみやばんかぐん》」という和歌群には、和泉式部の苦しみが詠われており、絶唱ともいうべき歌が並んでいます。

さて、それから和泉式部は一〇〇九年（寛弘《かんこう》六年）ごろに**中宮彰子《ちゆうぐうしようし》**に仕えます。

彰子は誰だかわかりますか。二二七番の歌にでてきました。そう、**道長の娘**。そして紫式部が仕えていたのですね。

というわけで、**紫式部と和泉式部は同僚**ということになります。

その後、道長さまのもとで働いていた**藤原保昌**《ふじわらのやすまさ》と結婚。三十六歳ぐらい。保昌は五十三歳ぐらい。年の離れた結婚でした。

ところが、なんということでしょうか。また和泉式部には不幸の波がおそいかかったのです。道貞との間にできた女子（小式部内侍《こしきぶのないし》）が亡くなってしまったのです。

和泉式部は恋多き女性としても有名ですが、それと同時に彼女の人生は、**大切な人たちが亡くなってしまうという不幸の影**に覆われていたのです。

恋人だった為尊親王《ためたかしんのう》、次の恋人の敦道親王《あつみちしんのう》、そして娘の小式部内侍《こしきぶのないし》……。

数々の打撃を越えて、否、越えるために、彼女はすばらしい作品と和歌をこの世に残してくれたのです。

彼女の作品たちは、いつまでも**ことばの力を放って、今でもきらきらと美しく輝いている**のでした。

ぜひ恋に輝いている和泉式部の書いた作品類を読んでみて下さいね。

解説――『拾遺和歌集《しゅういわかしゅう》』のプロフィール――

I、『拾遺和歌集《しゅういわかしゅう》』とは？

『拾遺和歌集《しゅういわかしゅう》』とは、いったいどんな歌集ですか？　はい。『拾遺和歌集』は、一言でいうと、**とてもかわいそうな歌集**です……。

これは、いったいどういうことでしょう？

『拾遺和歌集』が、かわいそうな理由。それは、『**拾遺抄**《しゅういしょう》』という似たような名前の歌集があるからなのですよ。

では、『拾遺抄』とはいったい何でしょうか。『拾遺抄』は、いろいろな説がありますけれど、九九七年（長徳《ちょうとく》三年）ごろ、一個人が選びました。選んだ人は**藤原公任**《ふじわらのきんとう》（公任については二一〇番歌、三四〇番歌、四四九番歌、一〇二二番歌、一〇六五番歌、一一七四番歌、一三三五番歌参照）。

そうですね。公任は大歌人だけれど、個人で選んだから私撰集《しせんしゅう》です（六四番コラム「歌集について——「勅撰集《ちょくせんしゅう》」・「私撰集《しせんしゅう》」・「私家集《しかしゅう》」——」参照）。

一方『拾遺和歌集』の方は、どうでしょう。この歌集は、一〇〇五年（寛弘《かんこう》二年）～一〇〇七年（寛弘《かんこう》四年）に花山院《かざんいん》の命令によって集められたといわれています。だから、こちらは勅撰集《ちょくせんしゅう》（同じく六四番コラム参照）。

この二つ、似ている名前で、時代的にも近いですよね。そのうえ、二つとも成立事情が、はっきりとはわからない。

ところで、今、目の前に歌があったとします。

例えば「春立《はるた》つといふばかりにやみ吉野《よしの》の山《やま》もかすみて今朝《けさ》は見《み》ゆらん」という歌（一番歌）が、ある作品にありました。

この歌は、『拾遺抄』にも『拾遺和歌集』にも入っています。さあ、困りました。どちらから取った歌かわからない。

そのうえ、『拾遺抄』に入っている歌は全部『拾遺和歌集』に入っているのでした。ますますわけがわからない。いったい、今目の前にある歌が『拾遺抄』から取られた歌なのか『拾遺和歌集』から取られた歌なのか、わからない……。

成立が先だから抄かもしれない。抄の方が広まっていた、と聞いたから抄かもしれない。でも、集ではないよ、という確固たる証拠もない……。

というわけで、何となくみんなは『拾遺和歌集』に触れようとしなくなりました。**かわいそうな『拾遺和歌集』**……。時は一条朝《いちじょうちょう》。寛弘《かんこう》あたり。とすれば**道長が出てきて、紫式部が登場**して、平安の最もきらびやかな時の歌集。それなのに、何となく無視されてきたのですね。

ただし、歴史のなかで『拾遺和歌集』を評価していた人物もいたのですよ。時代的には少し後になるけれど、それはあの有名な天才歌人・**藤原定家《ふじわらのさだいえ》**でした。

定家は『三代集之間事《さんだいしゅうのあいだのこと》』のなかで「抄を捨てて集を使うのは、歌の道の本意とすべきものです（抄《せう》ヲ捨《す》テ、集《しふ》ヲ用《もち》ヰルハ道《みち》ノ本意《ほんい》ト為《な》ス可《べ》キモノナリ）」と言っています。

つまり抄ではなく集を使いなさい、ということなのですね。

さて、話が前後しましたが、『拾遺和歌集』は、花山院《かざんいん》が命じて選んだ勅撰集、と先ほど言いました。これもはっきりしたことはわからないけれど、花山天皇が**退位してから集めたらしい**のです。

花山天皇の退位については五四番歌に少し出てきましたね。

花山天皇についての退位のお話をここで少し追加しましょう。花山天皇は、最愛の女御・忯子《しし》を亡くして深く悲しんでいました。そのような花山天皇の状態につけ込んで、**藤原兼家《ふじわらのかねいえ》の子ども・道兼《みちかね》**が花山天皇をそそのかして出家させてしまったのです。

なぜかというと、兼家たちは次の皇太子懐仁親王《やすひとしんのう》（後の一条天皇）を即位させようとしていたのでした。だから、花山天皇を天皇の座から降ろしたかったのですね。道兼《みちかね》は、自分も出家する、などと言って花山天皇をだましました。

こんな策略によって、花山天皇は花山寺《かざんじ》（元慶寺《がんぎょうじ》）に入って出家してしまったのです。だから花山天皇が天皇の地位についていたのは、九八四年（永観《えいかん》二年）八月～九八六年（寛和《かんな》二年）六月なのです。二年弱ですね。短いですよね。

というわけで、花山法皇が『拾遺和歌集』を集めたのは、天皇の時ではないのです。

このような『拾遺和歌集』は、天皇在位中に集められたわけではないので、勅撰集としての権威があまりなかったかもしれませんね。そのうえ、昔は、集から抄ができた、それも歌の権威である公任が取り出したという**俗説**がありました。それとともに抄が高く評価されたのです。

権威のない勅撰集と思われている『拾遺和歌集』。平安時代には本当にその姿をあらわさなかったのでしょうか。本当に『拾遺抄』しか存在しなかったのでしょうか。

いえいえ、そんなことはありません。『拾遺和歌集』はきちんと登場しているのですよ。

Ⅱ、『拾遺和歌集』はどこに登場するの？

『拾遺和歌集』は、なんとあの『**紫式部日記**《むらさきしきぶにっき》』のなかに登場します。そう、**紫式部**が書いた日記文学作品のなかに出てくるのです。

ではいったい、どのように『拾遺和歌集』は書かれているのでしょうか。少しそれを見てみましょうか。

○白い色紙で作った冊子《そうし》たち、『古今集』、『後撰集』、『拾遺抄』、その歌集一部はそれぞれ五帖に作って、行成《ゆきなり》と延幹《えんかん》と、それぞれ冊子一帖には、四巻をあて て、お書かせになっています。

（『紫式部日記』）

これは、彰子《しょうし》が敦成親王《あつひらしんのう》を生んだのち、父の家から内裏《だいり》（天皇のいる所）にかえる時のことです。ここに書いてあるのは、**父の道長が娘の彰子に贈ったプレゼント**。あれれ、ここでは『拾遺抄』とありますね。それなのになぜ『拾遺集』の説明に出てきたのでしょう。それは、この冊子の作り方に関係があるのですよ。ここには「五帖《ごちょう》」に作って「冊子《そうし》一帖《いっちょう》には四巻」と書いてあります。

どういうことかというと、まず帖はノートと思って下さいな。一つの作品につき五冊のノート。そしてこの一冊には四巻の内容。この巻は、そう、部立《ぶだて》のことですね（一番歌参照）。

ということは、どうなりますでしょうか。**五×四＝二十巻**の内容ということになりますね。それで**『拾遺抄』だったら十巻**なのです。ここに書かれているのは二十巻。それは『拾遺集』の巻数です。だから、この抄は集を指すといわれています。

さて、この道長からのプレゼントは一〇〇八年（寛弘《かんこう》五年）十一月十七日。そう、一条朝（九八六年～一〇一一年）になりますね。何度も言いますが、平安時代まっただ中、最も華やかな時代です。

なお、行成《ゆきなり》・延幹《えんかん》というのは、美文字を書ける能筆家でした（行成は六四番コラム「漢文日記とは？」に登場しました）。

それにしても、この彰子《しょうし》へのプレゼントがなんでこんなに豪華なのでしょうか。それはわかりますよね。夫の一条天皇が見るからです。彰子へのプレゼントは、**一条天皇へのプレゼント**でもあるわけです。

ここで少し追加すると、このプレゼントのなかには『能宣集《よしのぶしゅう》』や『元輔集《もとすけしゅう》』もありました。能宣は大中臣能宣《おおなかとみのよしのぶ》という長い名前の歌人。元輔は、清原元輔《きよはらのもとすけ》のことを指します。そうです。元輔はなんとあの**清少納言の父親**なのです。

ということは、**紫式部は清少納言の父親の家集も目にしていた**わけなのです。なお『後撰和歌集』も元輔が選んでいます。ということはどういうことでしょうか。

清少納言の父が選んだ勅撰集、そして清少納言の父の家集。それらを紫式部が見ていて、記しとどめた、ということですね。あの**ひどく非難している清少納言**。その父親。歌人として有名な彼の成果を、紫式部はいったいどのような気持ちで見ていたのでしょう。

それはともかく、話をもとにもどすと、ここではプレゼントのなかに『拾遺和歌集』が入っていた、ということがポイント。ただ、本文が「抄」となっているのでややこしいですよね。

さて、それでは、不公平になるといけないので、ここで『拾遺抄』の方の記録も挙《あ》げておきましょうか。

○東院《とうのいん》に行きました。先日お借りした『拾遺抄《しゅういしょう》』をお返しいたしました。
（東院《とうのゐん》に詣《まう》づ。先日《せんじつ》、借《か》り給《たま》ふところの『拾遺抄《しふゐせう》』を返《かへ》し奉《たてまつ》る。）

これは『権記《ごんき》』の九九九年（長保《ちょうほう》元年）十二月十四日の記事です。『権記』は**藤原行成《ゆきなり》の日記**。

ここに出てくる東院《とうのいん》は、為尊親王《ためたかしんのう》の奥さんのこと。為尊親王は一三四二番に出てきました。和泉式部の恋人だった人です。

それはさておき、九九九年（長保元年《ちょうほう》）には『拾遺抄』が存在していたのですね。というわけで、『拾遺和歌集』、『拾遺抄』の例を挙《あ》げてみました。最初の例はわかりにくいかもしれませんが、『古今集』、『後撰集』に次いで『拾遺集』が出てきました。とすると、**道長は、『拾遺集』を『古今集』、『後撰集』に次ぐ勅撰集として扱っていた**ことになるのですね。

Ⅲ、『拾遺和歌集』ができた頃ってどんな時代？

さて、それでは、『拾遺和歌集』のできた頃は、どんな時代だったか、見てみましょうね。

まず、『拾遺和歌集』の成立時期を書いておきましょう。これもまた、いろいろな説があり、はっきりとはしませんが、だいたい、

☆一〇〇五年（寛弘《かんこう》二年）四月～一〇〇七年（寛弘《かんこう》四年）正月

ぐらいといわれています。

そうです。この時期は何度も言っているように、王朝文化が花開いた時期に当たるのですね。**紫式部は一〇〇四年（寛弘《かんこう》元年）に彰子さまのところに出仕**しました。一旦《いったん》家にもどったものの、一〇〇六年（寛弘三年）ころにまた出仕したといわれています。それと敦成《あつひら》親王が誕生したのは一〇〇八年（寛弘五年）です。

また、**一〇〇八年（寛弘五年）ころ、和泉式部は『和泉式部日記』**を執筆しています。

そして、**一〇〇八年（寛弘《かんこう》五年）の十一月一日には後に『源氏物語』千年紀を作ることになった藤原公任《きんとう》のことば**が発せられた時でした。そうです、敦成親王《あつひらしんのう》の五十日《いか》の祝宴が催された時でしたよね（二一〇番歌参照）。

というわけで、どうでしょうか。寛弘《かんこう》という年代は道長のもとでいろいろな作品ができて、うるわしくも**華やかなサロンが活動展開**していた時期なのです。

『拾遺和歌集』はこんな、きらびやかな王朝のころにできた勅撰集なのです。

Ⅳ、『拾遺和歌集』の特徴は？

さて、今までは、『拾遺和歌集』の外側についてのお話が続きました。それでは、今度は内容について少し見てみましょうか。

さきほどⅡのところで少しお話ししましたが、『拾遺和歌集』は二十巻。部立《ぶだて》は二十。春・夏・秋・冬・賀・別・物名・雑上・雑下・神楽歌・恋一・恋二・恋三・恋四・恋五・雑春・雑秋・雑賀・雑恋・哀傷と続く二十巻です。

一方、『拾遺抄』の方は、春・夏・秋・冬・賀・別・恋上・恋下・雑上・雑下の十巻。ということは、抄から集にかけて部立が倍増したわけですね。部立増の『拾遺和歌集』。そのなかで目立つのは**雑春《ぞうのはる》・雑秋《ぞうのあき》・雑賀《ぞうのが》・雑恋《ぞうのこい》**といった部立だと思います。

春や秋といった純粋な季節の歌、巡り来る季節の和歌だけではなく、そこから少し離れたような、**人間中心の歌**が入っているのですね。和歌がさまざまな場で、たくさんの美意識を作り出していたわけです。そんなカラフルな時代模様が『拾遺和歌集』の部立に反映されていたのでした。

そして、もう一つ大きな特徴を挙《あ》げるとすれば、それは『拾遺和歌集』には屏風《びょうぶ》歌《うた》や歌合《うたあわせ》などの**晴《はれ》の歌（公的な歌）**が多いということです。これについては一番歌でお話ししましたね。そうですね。人目に付く歌です。

二番目の勅撰集、『拾遺和歌集』より一つ前の勅撰集である『後撰和歌集《ごせんわかしゅう》』は人と人とがやりとりする歌が多く収められていました。『拾遺和歌集』はそれとはちょっと趣が違うのですね。人と人との私的な歌というよりも、公的な歌を多く採《と》ったのです。

さて、どうでしょうか。『拾遺和歌集』には、部立を多くしたり、晴の歌を多くしたり、そこにはやはり**勅撰集としての意識**――新たな勅撰集を作ろうとする意識――のようなものが見えるのではないでしょうか。単に『拾遺抄』の歌数を増やしただけではなさそうです。

そして、このような『拾遺和歌集』の表現はさまざまな作品に波及しているのです。

いうまでもなく、歌のことばは、歌のなかだけに使われるのではなく、いろいろな作品につながっていくのですね。そこにはことばの連鎖のようなものが、浮かび上がって見えるのです。少し説明が難しいでしょうか。

たとえばことばの意味がわからない時、辞書を引きますよね。すると一般的な説明はわかります。でも、そのことばがある時代に「どのようなイメージ」を持っているかは、なかなかわかりにくいですよね。

ここでは、それぞれの歌のことばの説明や状況の説明をする時に、**なるべく周辺の時代の例**を挙《あ》げることにしました。和歌だけではなく他の作品——物語や日記——のなかで、『拾遺和歌集』のことばがどんな色彩を持っているか、どんな広がりを持っているか、を見たかったからです。

影響関係というと細かくなるけれど、そうではなくて、大きな言語イメージ（雰囲気）のようなものを捉《とら》えることによって、ことばの姿が見えてくるのですね。『拾遺和歌集』のことばは、意外とたくさんの作品に、その響きがこだましていました。これらのイメージは、**道長の時代の前後**に、虹《にじ》のようにひろがっていたのですね。

以下に説明のなかに使いました作品たちを、そのキーワードとともに書いておきます。

歌番号	使用した作品	キーワード
15	『更級日記』	梅の立ち枝
140	『源氏物語』夕顔	河原院
158	『枕草子』	山吹
178	『為頼集』	小袿
210	『紫式部日記』	公任、若紫、源氏物語千年紀
227	『紫式部日記』	水鳥
340	『古事談』	歌枕、行成、実方、一条天皇
346	『枕草子』	暁の別れ
443	『枕草子』	人事風景
632	『源氏物語』末摘花	末摘花
710	『枕草子』	後朝の歌
733	『蜻蛉日記』	カゲロウ
822	『紫式部日記』	水鶏、紫式部、道長
823	『源氏物語』空蟬	生絹の単
897	『源氏物語』常夏	雲居雁のうたた寝
912	『蜻蛉日記』	うつろい菊
930	『和泉式部日記』	引歌
946	『紫式部集』	心と身
1019	『更級日記』	山里
1097	『紫式部日記』	女郎花
1134	『蜻蛉日記』	引歌
1335	『権記』	出家、公任、行成
1342	『紫式部日記』	感心できないところ

この表は、『拾遺和歌集』の歌番号、作品名、キーワードとなっています。気になる作品があったら、それぞれの歌の注釈をちらっとごらん下さいね。そこには万華鏡のようにいろいろな姿を見せる『拾遺和歌集』のことばたちが光っています。時代の前後に広がりを見せることばたち。そのきらめく王朝の歌の姿を実感していただければ、うれしいです。

★その他『百人一首』の入集歌《にっしゅうか》は、一四〇、四四九、六二一、六二二、六七八、七一〇、七六六（『後撰和歌集《ごせんわかしゅう》』重出）、七七八、八七〇、九一二、九五〇、一一二八です。

V、『拾遺和歌集』関連情報

それでは、ここで『拾遺和歌集』の関連情報を書いておきますね。この本を書く時に参考にした本を中心にしてあります。とはいえ、これまでも繰り返したとおり、『拾遺和歌集』はあまり知られていないので、他の作品よりは注釈書などが少なくなっております。ここでは、なるべく手に取りやすい本を挙げていきますね。

【注釈書】

○『新日本古典文学大系　拾遺和歌集』（小町谷照彦校注、岩波書店、一九九〇年）
↓『拾遺和歌集』研究の第一人者による注釈書。オーソドックスな注釈。解説のまとめは、なだらかにして詳細です。

○『鑑賞　日本古典文学第7巻　古今和歌集・後撰和歌集・拾遺和歌集』（窪田章一郎・杉谷寿郎・藤平春男編、角川書店、一九七五年）
↓年代的に古い注釈で抜粋ではありますが、各歌の字数制限が無きに等しくとても詳細。『拾遺和歌集』を細分化された美意識として読み解く一書。読み応《ごた》えあり。

○『拾遺和歌集』（小町谷照彦校注・倉田実校注、岩波文庫、二〇二一年）
↓前掲の岩波新大系を基として文庫化されたもの。『拾遺和歌集』の文庫化は大快挙。訳も付いています。また、力の入った解説は必読です。

○『和歌文学大系　拾遺和歌集』（増田繁夫著、久保田淳監修、明治書院、二〇〇三年）

↓『拾遺抄』ではなく『拾遺和歌集』に力点を置いた注釈書。校注は短いけれど、わかりやすく工夫されています。

○『拾遺抄注釈』（竹鼻績、笠間書院、二〇一四年）

↓『拾遺和歌集』ではなく『拾遺抄』の注釈書。和歌の影響関係の指摘が詳細。

【単行本など】

○『拾遺和歌集と歌ことば表現（小町谷照彦セレクション）』（小町谷照彦著、倉田実編集、花鳥社、二〇二一年）

↓『拾遺和歌集』研究の第一人者の論文集。歌ことばという視点から『拾遺和歌集』を読み解いています。

○『和歌のタイムライン　年表でよみとく和歌・短歌の歴史』（和歌文学会出版企画委員会、三弥井書店、二〇二一年）
↓『拾遺和歌集』プロパーの本ではないけれど、和歌の歴史を知るにはとても便利です。広範囲にわたって和歌のつながりが理解できます。

【最近の研究から（ごく一部）】
○「『拾遺集』に於ける雑春の特性」（『王朝文学の光芒』所収、川村裕子、笠間書院、二〇一二年）
↓『拾遺和歌集』独自の部立・雑春の内容について考察したもの。「春」の部立から逸脱した人間性を読み解きます。
○『拾遺和歌集論攷』（中周子、和泉書院、二〇一五年）
↓最近のもので『拾遺和歌集』を題名にした本格的論集といえます。なかでも定家の『拾遺和歌集』享受についての論攷《ろんこう》は詳細です。

○「菅原道真「東風吹かば」詠への表現史」（御手洗靖大、早稲田大学大学院文学研究科紀要第六八輯、二〇二三年三月）

↓これも、最近のもので表現史を踏まえながら和歌の読解を示す好論。今後の『拾遺和歌集』研究の柱となるべき論文です。表現史という王道から『拾遺和歌集』と道真の関係を分析。なお、御手洗氏の論文は以下のサイトから無料ダウンロードができます（二〇二三年七月現在）。

https://researchmap.jp/y_mitarai/published_papers/41799353

初句索引

本書掲載の和歌の初句（同一の場合二句まで）を、歴史的仮名遣いの五十音順で示した。数字は歌番号を表す。

あ行

か行

さ行

た行

詠者一覧

本書掲載の詠者を、五十音順で示した。また、百人一首に採られている歌に「●」を付けた。

詠者	歌番号	百人一首
和泉式部	一三四二	
伊勢	一〇五	
伊勢	九〇六	
右近	八七〇	●
恵慶	一四〇	●
凡河内躬恒	八〇七	
凡河内躬恒	一〇〇〇	
柿本人麻呂	七七八	●
紀貫之	六〇四	
紀貫之	三二四	
紀貫之	二五八	
紀貫之	一三六六	
清原元輔	四四三	
斎宮女御	四五一	
修理	一一三四	
菅原道真	一〇〇六	
曽禰好忠	八三三	
平兼盛	一五	
平兼盛	二五〇	
平兼盛	二六九	
平兼盛	六二三	●
具平親王	一〇〇五	
なし（神楽歌）	五七八	
藤原朝忠	六七八	●
藤原敦忠	七一〇	●
藤原有時	九五二	
藤原公任	二一〇	
藤原公任	三四〇	
藤原公任	四四九	●

ビギナーズ・クラシックス 日本《にほん》の古典《こてん》

拾《しゅう》遺《い》和《わ》歌《か》集《しゅう》

川村裕子《かわむらゆうこ》＝編

令和5年 11月25日　初版発行

発行者●山下直久

発行●株式会社KADOKAWA
〒102-8177　東京都千代田区富士見2-13-3
電話　0570-002-301（ナビダイヤル）

角川文庫 23916

印刷所●株式会社暁印刷
製本所●本間製本株式会社

表紙画●和田三造

●お問い合わせ
https://www.kadokawa.co.jp/（「お問い合わせ」へお進みください）
※内容によっては、お答えできない場合があります。
※サポートは日本国内のみとさせていただきます。
※Japanese text only

ISBN 978-4-04-400772-0　C0192

角川文庫発刊に際して

角川源義

第二次世界大戦の敗北は、軍事力の敗北であった以上に、私たちの若い文化力の敗退であった。私たちの文化が戦争に対して如何に無力であり、単なるあだ花に過ぎなかったかを、私たちは身を以て体験し痛感した。西洋近代文化の摂取にとって、明治以後八十年の歳月は決して短かすぎたとは言えない。にもかかわらず、近代文化の伝統を確立し、自由な批判と柔軟な良識に富む文化層として自らを形成することに私たちは失敗して来た。そしてこれは、各層への文化の普及滲透を任務とする出版人の責任でもあった。

一九四五年以来、私たちは再び振出しに戻り、第一歩から踏み出すことを余儀なくされた。これは大きな不幸ではあるが、反面、これまでの混沌・未熟・歪曲の中にあった我が国の文化に秩序と確たる基礎を齎らすためには絶好の機会でもある。角川書店は、このような祖国の文化的危機にあたり、微力をも顧みず再建の礎石たるべき抱負と決意とをもって出発したが、ここに創立以来の念願を果すべく角川文庫を発刊する。これまで刊行されたあらゆる全集叢書文庫類の長所と短所とを検討し、古今東西の不朽の典籍を、良心的編集のもとに、廉価に、そして書架にふさわしい美本として、多くのひとびとに提供しようとする。しかし私たちは徒らに百科全書的な知識のジレッタントを作ることを目的とせず、あくまで祖国の文化に秩序と再建への道を示し、この文庫を角川書店の栄ある事業として、今後永久に継続発展せしめ、学芸と教養との殿堂として大成せんことを期したい。多くの読書子の愛情ある忠言と支持とによって、この希望と抱負とを完遂せしめられんことを願う。

一九四九年五月三日